Gallia's Fate Counseling
Mind Theraphy Fantasy Novel

아픔은 신의 장난일까?

갈리아의
운명상담소

이윤영 판타지 소설

CJI 한국언론연구소

갈리아의 운명상담소
Gallia's Fate Counseling

발 행 | 2023년 1월 20일
저 자 | 이윤영
펴 낸 이 | 이윤영
펴 낸 곳 | CJI 한국언론연구소
출판사등록 | 제349-2005-7호
주 소 | 인천광역시 연수구 벚꽃로 130-4 201
전 화 | 032-762-9983
이 메 일 | webmaster@cjinstitue.org

ISBN | 978-89-957886-6-0(03810)
가 격 | 13500원
www.cjinstitue.org

아픔은 신의 장난일까?

갈리아의 운명상담소

GALLIA'S FATE COUNSELING

MIND THERAPHY FANTASY NOVEL

| 이윤영 지음 |

한국언론연구소

CONTENTS

Prologue

12월 어느 날, 살을 에는 추위와 함께, 그녀는 아무 말 없이 내 곁을 떠났다. 수소문해도 그녀를 정확히 아는 이는 없었다. 서로에게 기억날 만한 것들이 많지 않아 굳이 그녀는 나에게 전할 말도 없었는지 모른다. 홀연히 사라진 그녀는 누군가에겐 자신의 흔적을 알리지 않았을까.

소문만은 무성했다. 그녀의 아버지가 안고 있는 사업 빚 때문에 어딘가로 도망쳤다는 말이 있었다. 몹시 매서운 바람이 부는 해외 여행지에서 난데없이 전염병이 돌아 병원에서 죽었다는 억측도 있었다. 아니면 추위에 떨며 온몸이 얼어갔을지도 모른다. 심지어 친구를 만나다가 돌아오는 길에 발을 헛디뎌 다리 난간 밖으로 떨어지는 바람에 강물에 휩쓸려 흔적조차 사라졌다는 풍문도 있었다.

우린 이렇게 어느 날 이별한 것이다, 이별 운이 깃든 것처럼. 그런데 그녀가 그토록 가련한 영혼일 줄이야……. 마치 예언된 운명을 이루는 듯, 나에게 50억 원이라는 뭉칫돈을 남겨둔 채.

“예측할 뿐, 그들을 위로할 자격은 나에겐 없었다.”

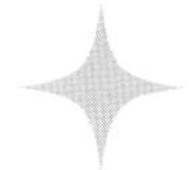

제1장

보이는 것들의 드리밍 해석

Mind Theraphy

01

거실 오른쪽 한 모퉁이, 전화벨이 요란스럽게 울려댔다. 푸른 불빛의 디지털식으로 깜박거리는 번호가 낯설지 않았다. 몸살로 식은땀이 내 온몸에 범벅이다 내 손도 땀에 미끈거렸고, 전화를 받을 수가 없었다.

문득 전화 울림에 오래전 기억들이 내 머리에 떠올랐다.

신의 아들이 십자가에서 죽지 않고, 로마제국의 갈리아로 망명했다는 미치광이 한 신학자의 노트를 우연히 읽고 혼란스러웠다. 이를 잊으려 이탈리아로 배낭여행을 갔을 때다. 어렸을 때 홀연히 사라졌던 그녀 이름과 유사한, 이탈리아계 한국 여인 '갈리아 리'를 만나 길을 걷고 담소를 나눴다. 하지만 며칠 전 그녀도 흔적 없이 사라졌다.

나의 어린 시절, 갈리아.

갈리아는 로마제국의 영토였고, 그 시대의 망명지라는 말이 있다. 지금은 이미 프랑스와 벨기에 독일 이탈리아가 속한 복잡한 그곳. 예수가 죽지 않고 이곳으로 망명했다며 순수한 부활론을 거절한 한 신학자의 애절한 사변도 얽혀있다.

갈리아는 나에게도 특별한 의미가 있다. 자유를 만끽하게 해줬고, 마음을 애달프게도 했고, 마음속을 쉽게 들여다볼 수 없는 한 여인의 이름이기도 하니까.

갈리아의 영토를 차지하려 수천 명, 수만 명의 병사들이 피 흘리고 싸우며 죽어갔다. 지금 이들은 영령이 되어 이곳을 이리저리 떠돈다. 로마인들의 망명지이기도 한 이곳, 누구나 독차지하려 열망했던 그 갈리아를 나는 나만의 마음속에 애절하게나마 한 여인의 이름으로 불러왔던 것이다.

어린 시절 용기 내어 그녀의 무거운 가방을 들어준 기억이 난다. 나의 동네 마칼리 숲속의 한적한 도서관 벤치에서 잠시 쉬며, 오랜 대화를 나누다 그녀 볼에 가볍게 입맞춤했던 희미한 회상 속의 갈리아 여인.

애써 어색한 분위기를 바꾸려 그녀에게 이상형을 물어봤었다. 그녀는 '키다리 아저씨'라고 말했고, 난 내가 신고 있는 신발을 가리키며 '키 높이 신발'이라고 응했다. 그녀는 내 말이 어이가 없었는지 실소를 터트리고 말았다.

또 다른 기억도 있다.

그녀는 녹슨 자전거를 탔고, 허름한 흰색이나 하늘색 티셔츠를 이따금 바꿔 입는 순박하고 가련한 여인으로 다가왔다. 다들 그녀를 소유하고 싶어 안달이 났을 뿐, 아무도 그녀가 누군지 알려 하지도 않았다. 하지만 여인 갈리아는 지금 내 곁엔 없다. 마치 사라진 병사들의 혼령처럼 말이다.

한동안 있었던 자살 충동은 이내 사그러졌다. 하지만 모든 게 엉망이다. 갈리아를 차지하려 피 흘리며 죽어간 병사들의 망령들이 날 괴롭히고 있는 게 선명하다. 그런데 지금 이 순간 전화벨마저도 끊임없이 울려대며 내 신경을 곤두서게 했다.

02

땀에 젖은 내 손을 잿빛 침대보에 닦았다. 그러고는 뭔가에 이끌리듯 거실로 걸어갔다. 이미 살아 있는 대부분의 것들이 잠자리에 들었는지 생각보다 거실은 어두컴컴했다. 적막했고, 불빛 하나 없었다. 작은 별빛만이 창가에 부딪혀 거실 밖으로 떨어졌다.

내 몸은 무거워 가누기조차 어려웠다. 짜증 섞인 말들이 나도 모르게 툭 튀어나오고 있었다. 이를 숨기지 못한 채로 수화기를 들어 올려 귀에 가까이 가져가 댔다. 귓가엔 고열이 올라와 있어 내 말투는 어느새 신경질적으로 변해갔다.

"누구시죠? 이 한밤중에. 별일 아니면 끊으시죠!"

나로선 욕이 안 나온 것만도 다행이었다.

"뭔 일 있어? 왜 나한테 신경질이야. 네 휴대전화는 어디다 처박아 놓은 거야. 아니면 갖다 팔았어? 나야 나, 김 선배. 네 휴대전화로 전화해도 받지 않으니……."

낯익은 목소리……. 가깝게 지내는 고등학교 선배 같았다.

"아, 잠시만요, 선배님."

이 짤막한 말 한마디만 남겼다. 얼른 방문이 열린 내 방 책상 밑을 멀리서나마 지긋이 실눈을 뜨고 살펴봤다. 충전 중이던 내 휴대전화엔 부재중 전화로 조그만 에메랄드빛과 붉은빛이 교차하며 깜박거리고 있었다.

조금씩 정신이 들었다. 그는 나의 친구 같은 고교 2년차, 김상근 선배인 것이다. 그는 고등학교에서 줄곧 전교 1등을 놓치지 않은 수재였다.

과학자가 꿈이라서 이론 물리학과를 선택해 국내 명문으로 손꼽히는 대학에 진학했다. 하지만 근래 그는 길을 잃었다. 당연히 사회에 대한 불만 불평이 가득했다. 마침내 그는 휴학하고는, 어제 의대 입학시험을 치렀다는데.

"선배님, 삼수생이 뭔 낯짝이 있다고, 휴대전화를 들고 다니겠어요. 아무도 저에게 전화도 걸지 않아요. 이래저래 책상 밑에 던져놓고 있었죠."

나는 갈리아와의 이별과 해결될 수 없는 고민들로 육신이 욱신거리며 아파왔다. 그리고 대학입시로 만사 귀찮기도 해서 휴대전화를 무음으로 해놓고 충전 중인 걸 이렇게 둘러대고 말았다.

"넌 시험 잘 봤어? 맞아, 넌 시험은 잘 보잖아. 네가 하고 싶은 걸 못해서 탈이지. 네 부모님 뜻대로 신학교 가면 되잖아. 그게 속 편한 거 아니야? 이공계 나와 봤자 공돌이 공순이 되는 거 아니겠어? 별것도 없고."

나는 그 선배 말에 아무 대꾸도 대답도 할 수 없었다. 그는 말실수나 했나 싶었는지, 혹은 어색함을 느꼈는지, 화제를 바꾸기 바빴다.

"다른 게 아니라, 나도 모르게 일찍 잠들었다가 꿈꾼 게 있는데, 좀 해석이나 해주라. 계속 순수 과학도의 길을 가야 할지 너무 고민도 되고. 내가 의대 시험 다시 본 건 알고 있지? 조금 전에 요상한 꿈을 꾸다가 일어났거든. 지금 몇 시나 됐지? 아직 한밤중인가? 네가 해몽만큼은 용하다는 소문이 학교 동창회에 파다해."

나는 아무 말 없이 듣고만 있었다.

"내 말 듣는 거야?"

"네, 그런데요?"

이렇게밖에는 내 머리에 떠오르는 말이 없었다. 땀을 많이 흘렸는지 갈증도 몰려왔다. 그는 다급하게 말을 이어갔다.

"내 말 잘 듣고 있냐고! 새벽에 닭이 알을 많이 낳았는데, 잘 품고 있다가 닭이 갑자기 한 다리를 들어 자신의 알들을 바닥으로 다 떨어뜨리더라. 황당하게 말이야. 달걀들이 마침내 다 깨졌지 뭐야. 이게 무슨 꿈이지? 그 어미 닭 미친 거 아니야?"

그렇다. 나는 중학교에서는 고독 상담가로 통했고, 고등학교에선 사주도사, 해몽가, 심령술사로 알려졌다. 그리고 또 있다면, 내 곁에서 사라진 갈리아에 대한 편집증마저도 날 이렇게 도사 수준으로 만들어 갔던 것이다.

03

남들이 날 보기엔 독특한 캐릭터였는지도 모른다. 그들 깊은 속은 사이비나 사기꾼으로 여겼을지도. 정신분석학 공부의 기초도 없이 해몽을 하고 있으니 말이다. 서커스 곡예사처럼 저명한 프로이트와 융을 아무렇게나 자기 마음대로 이리저리 저글링을 하고 있으니……. 기가 막힐 노릇일 것이다.

하지만 학업이 우수하고, 나의 가방엔 마치 암호 해독해서 읽을 정도로 페이지마다 빼곡한 글자들의, 손때 묻은 심리학 영어 원서들이 항시 있었다. 심지어 사주팔자와 관련된 당사주, 명리학 책도 있었다. 이를 아는 이들이 점차 생겨나면서 쉽게 날 무시하지 못했고, 별종이라 여겼다. 그들은 날 궤변론자인 '소피스트'로도 불러댔다.

이 모든 건 나의 엄마의 영향 때문이리라. 은행원이나 법조인도 아닌, 나를 성직자로 키우길 바랐던 엄마. 어릴 때부터 나에게 '인간이란 무엇인가?'라는 고민을 하도록 내몰았다. 심지어 마블 영화를 보고 친구들과 게임, 채팅을 하며 재잘거릴 나이에 신비스러운 영성의 깊은 내용을 접하게 했다. 당연히 내가 점술 책을 읽고 있는 것에 대해선 엄마에겐 철저히 비밀로 했다. 점술이란 말 자체도 꺼내지 않았다.

엄마는 오로지 내가 신학 서적을 읽고 영성 훈련으로 수도자가 되길 바랐기 때문이다. 사주를 사람들 특징에 대한 통계 자료가 아닌, 무당이나 미신으로 몰고 갔으니 굳이 이런 걸로 싸울 이유가 없었던 거다. 엄마의 입장도 받아들여 가면서 중고등학교 시절엔 인간 심리, 종교학

등 다방면의 지식을 나도 모르게 섭렵하게 됐다.

사람들의 꿈의 영역도 이런 와중에 자연스레 알게 된 것이다. 사주팔자로 운명을 점치는 것은 나만의 비밀 무기였는데, 엄마 덕분일지, 엄마 탓일지. 아직은 아마추어 수준일 듯싶은데도, 나는 고등학교 선후배들 사이엔 예언가로 통한다.

반에서 5등 정도 하는 친구가 대학 입학시험 치르기 이틀 전에 꾼 꿈에 대해 난 해석을 내놓은 적이 있다. 이번 전국 대학 입학시험만큼은 우리 학교 전교 수석 점수를 낼 것이라는 나의 궤변적 해석으로 학교 게시판을 달궜다. 결국, 반 5등 정도 하는 친구는 내 해몽대로 서울대를 가고 말았다. 비밀스럽게 본 그의 사주도 당시 학업 운은 최고치였다.

그럼에도 정작 나의 이 같은 기대치를 믿는 선배의 전화에다가 뭐라 할 말이 없었다. 나는 이렇게 말할 수밖에.

"그 어미 닭 미친 거 맞아요."

04

"야, 뭔 말이야! 알아듣게 설명해야지! 의대 시험 붙긴 하는 거야? 떨어진다는 말? 내가 태어난 생년월시 기억해? 생일도 다시 말해주리?"

나는 그의 말만 들을 뿐, 더 이상 할 말이 생각나지 않았다. 그를 위로할 자격은 나에겐 없었다. 자세히 설명하자니 결과는 이미 벌어졌기 때문이다.

그는 스스로가 답답했는지 내 심중을 이해한 듯 기분 나빠하며 전화를 급하게 끊어버렸다. 그다음에 내가 할 수 있는 건 아무것도 없었다. 그 후 얼마 있다가 그 선배에게 다시 전화가 걸려왔다.

"그놈의 어미 닭 미친 게 맞네. 1년 다시 의대 시험 준비해야겠어. 내가 불쌍한 건 아닌데……. 내 인생 참 고달프다."

그렇다. 확인 결과, 의대 입학시험에 떨어진 것이다. 이 선배 말처럼 인생은 늘 고통스럽고 힘들다. 그런데 그에겐 인내만 필요할 뿐이다. 사주에선 그는 의사가 천직이었으니까.

나는 그와 다르게 엄마의 숙원인 성직자를 양성한다는 수도원 신학교에 합격했다. 하지만 합격 통지서는 나에겐 선배가 과거에 되려 했던 과학자처럼 고통스럽고 고달프게 다가왔다. 여러 해를 줄곧 신학교 앞에서 입학 허가서를 찢고, 집으로 되돌아 왔던 것이다.

05

메마른 붉은 벽돌로 첩첩이 둘러싸인 수도원 학교. 그 거친 벽에 듬성듬성 간신히 달라붙어 물기를 찾고 있는 담쟁이 넝쿨이 나처럼 가엾다.

수도원 학교는 나의 일기장에서만큼은 자주 안 좋은 이미지로 등장한다. 밤마다 한 번도 거르지 않고 쓰는 일지 같은 일기장. 이건 어렸을 적부터 검사받는 강요된 숙제이기도 하다. 개학 전날엔 밀린 일기를 한꺼번에 쓰기도 한다. 나이 들어선 나만의 유희요, 열쇠가 달린 작은 서

랍 안에 비밀이 담긴 나의 또 다른 은밀한 속마음이다.

신학교는 이 같은 비밀스런 나의 일기장에선 늘 난도질을 당해왔던 것이다. 나의 무의식인 꿈에선 말할 것도 없다. 이 학교 곳곳에 수도자들의 일거수일투족을 감시하는 카메라도 벽 속 깊이 설치되어 있을 거라 하고, 심지어 수도원장이 투명인간 조끼와 바지를 정보원들에게 입수해 입고 다닌다는 우스개 소문도 내 일기장에 적어놓았다.

일기를 써내려 가면서 주름이 듬성듬성 깊게 파인 수도원장 얼굴만 새벽녘에 붕붕 떠다니는 것처럼 보일 거라는 상상에 절로 웃음과 두려움이 교차된 적도 있었다. 나도 모를 쓴 미소가 내 두 귀에 걸렸다. 팔엔 소름까지 돋아나기도 했다. 그의 눈매도 동굴 속 박쥐처럼 매서울 것이다. 나의 상상이 지나칠 땐, 일기장을 며칠 쓰지 않은 채 서랍에 처박아 놓기도 했다.

이 학교 옆길을 우연히 지나갈 수밖에 없을 땐 과거의 나의 죄의식이 움터 올라 고통스럽기도 했다. 그러다 보니 고행길만 펼쳐질 이 학교에 입학한다는 건 생각하기조차 싫다.

과학자보다 의사가 되려는 김 선배는 내가 이런 마음인지는 모를 것이다. 나에겐 신학교를 간다는 건 감추고 싶고, 어떨 땐 치가 떨릴 정도였으니까. 이 내용도 당연히 나의 일기장에 고스란히 적혀있다.

나는 감시와 절제보다 관능적이며 창의적인 게 좋다. 탐닉하고 싶다. 한 여인네의 풍만한 품에서 내 작은 가슴이 두근거리고 싶다. 이것도 아니라면 신학교는 마술과 공중부양 되는 마법이나 가르치는 게 맞다. 호기심에 그나마 견딜 텐데 말이다. 물 위를 걷는 법, 죽었다가 다시 사는 법을 가르치라고. 암담한 세상에 해몽이나 사주보는 기술을 가르치든가.

나의 일기장엔 이 글도 적혀 있다.

11월 15일 새벽 2시 5분

자신과 세상도 욕망들로 가득 차 있지만, 타인에겐 근거가 미약한 도덕과 경건만을 강요한다. 세상은 역설적이니까. 나의 모든 걸 두 눈 치켜뜨고 감시하고 제압한다. 이미 난 죽은 것이나 진배없다.

하지만 싫어도 결국 난, 죽어도 죽은 게 아닌 부활의 메시지를 꿈꾸며, 벌레들로 득실거리는 이런 피비린내 나는 '썩은 관'으로 들어갈 수밖에 없단 말인가.

등대가 교회보다 훨씬 더 인생에 도움이 된다는 18세기 정치가 벤자민 프랭클린의 냉소적인 말들이 귓가를 맴돈다. 벗어나려 몸부림도 쳐봤다. 소용없다는 걸 뒤늦게 깨닫는다.

내 몸에 갑옷 같은 수도자 사제복을 입히는 게 엄마의 뜻이겠지. 섭리의 손짓과 엄마의 종교적인 광기, 둘 다 진저리날 정도로 여기에 서려 있다.

난 거역할 수 없나? 아니, 끌려갈 수밖에 없나? 나를 희생 제물로 바쳐야 맑은 영혼이 깃든 평화가 오는 걸까? 이게 진실, 진리라 믿는 게 하늘의 의지는 아닐 듯싶은데…….

제2장

시크릿 다이어리

Mind Theraphy

06

수도원 학교에 들어가려는 달갑지 않은 공부와 영성훈련으로 내 몸과 마음이 몹시 지쳐있을 때가 적지 않았다. 오장(五臟)도 뒤틀리고, 그만 두려고 뒷걸음질도 쳐봤다. 자신의 주어진 운명을 벗어나려 몸부림치는 이들을 부러워했다. 벗어날 수 없다면, 잠시나마 일탈을 꿈꿀 수밖에 없다는데.

미국 프로야구 메이저리그 시카고 화이트삭스 구단의 '에스오엑스(SOX)' 머리글자가 새겨진 검은색 모자. 이건 내 옷걸이 바로 옆 낮은 책장 위에 한 칸을 차지하고 있다. 마치 장식용 인형처럼.

언제부터 이 모자를 책장에서 빼어 들어 머리 깊숙이 푹 눌러쓰고 무작정 집 밖을 나섰는지는 기억이 잘 나지 않는다. 흰 수염이 듬성듬성 난 정신분열증을 앓고 있는 노숙자처럼 말이다. 평소 씹지 않던 박하 향 껌도 질겅질겅 씹어가며 얼마나 길을 한참 서성거렸는지……. 나 자신도 알 수 없을 정도였으니까.

그때마다 어디선가 강한 세찬 바람이 불어왔다. 내 머리에 있는 화이트삭스 모자가 벗겨져 날아가 저 멀리 진흙 바닥에 곤두박질치기도 했다. 누가 볼세라 급히 달려가 그 모자를 주워들어 흙도 떨어낼 생각도 않고 얼른 내 머리에 푹 눌러 쓰기 바빴다. 그러다가 모든 걸 단념한 채 나의 제자리를 찾듯 수도자들이 즐겨 왕래하는 교회당으로 발길을 옮기곤 했다. 일탈의 죄의식이 날 그렇게 만들어 왔다. 하지만 이번만큼은 그러지 않으리라.

07

남의 눈에 잘 띄지 않는 간편한 무채색 카디건에 남빛 나는 진바지를 입고, 여러모로 거슬린 화이트삭스 모자는 집에 놔두었다. 대신 나답지 않게 바람에 날리지 않을 짙은 렌즈의 선글라스를 썼고 머리에 잔뜩 무스를 발라 뒤로 넘겼다. 남성용 스킨 비비크림도 겹겹이 발라 얼굴의 널찍한 모공도 감췄다. 그러니 말쑥한 딴사람이 돼 버렸다.

거울로 비춰본 나는, 절대 예비 수도자로 보이지 않을 것이다. 얼굴 반쯤 가리는 짙은 회색 빛깔의 마스크를 쓰는 것도 잊지 않았다. 그렇게 해서 내가 찾았던 곳은 …… 성소(聖所)도, 교회당도 아니었다. 집에서 서너 블록을 지나 뱀처럼 구불구불한 골목길을 따라 이백 미터쯤 떨어진 길모퉁이에 그리 흔한 간판과 네온사인도 없는, 그런 칵테일 바였다.

여러 잡다한 지식을 갖고 있는 엄마는 내가 즐겨 입는 카디건을 입고 어두운 밤거리를 거니는 걸 내켜 하지 않는다. 영국의 귀족인 카디건 백작이 1853년 크림전쟁 중에 부상당해서 니트웨어를 입기가 어려웠다지. 그때 고안해 낸 게 카디건이라는 것.

자식이 행여나 이 옷 입고 다칠까 봐 노심초사하는 부모의 마음일 듯싶다. 하지만 오늘만큼은 엄마의 모든 걸 거역하리라. 이리 마음먹지 않았는가.

처음 있는 일탈이었다. 가슴이 다급하게 두근거렸다. 집 안방 위 서랍에 있는 신경안정제라도 챙겨왔어야 했다. 후회가 갑작스레 밀려왔다.

하지만 칠흑 같은 이 어둠 속에서 날 본 사람은 아무도 없을 것이다. 그리 흔한 감시용 카메라 CCTV도 보이지 않았다. 이리로 지나오다 전선이 여러 갈래 끊어진 먹통 감시 카메라가 있었던 것 같다. 구청 직원이 관리를 소홀히 해온 직무유기일 듯싶었고.

내 눈앞에 떡하니 버티고 있는 38층 높이 건물 창가엔 다행히도 불이 모두 꺼져있었다. 며칠 전 완공된 주상복합 빌딩이라서 건물 주인들이 아직 입주하지 않았던 것이다. 달빛도 사그라진 야밤인지라 인적이 드물고 적막하지 않은가. 진정해야 한다. 허둥지둥해서도 안 된다. 나를 본 사람은 아무도 없는 것이다.

유일하게 구석진 이곳을 비추고 있는 가로등 하나마저도 날 지켜주려는 듯, 죽은 나방들로 자욱한 데다가 흐릿하게 자주 깜박거렸다. 멀찌감치 비밀스런 바의 창문이 눈에 띄었다. 그건 촘촘히 초록빛 블라인드로 가려져 궁금증을 자아냈다. 나에게 얼른 들어오라고 손짓하는 모습은 아니었다. 그저 마가리타, 피나 콜라다의 칵테일 이름만이 뎅그러니 바의 작은 문 앞에 쓰여 있는 게 보일 뿐…….

바의 문은 보통 체구의 어른 한 명이 몸을 구부정하게 숙여 겨우 들어갈 수 있을 만한 크기였다. 문손잡이는 날카롭게 깨져 있었다. 잘못 잡았다가는 손가락을 벨 수도 있겠다 싶었다. 누군가가 억지로 굳게 닫힌 문을 열려고 거칠게 망치질 한 모양이다.

고쳐놓을 여력이 없었던 걸까. 들어오고 싶지 않으면 돌아가도 된다는 무언의 자존심도 느껴졌다. 나도 모르게 문 앞에서 얼어붙었다. 생각의 여유가 행동의 빈틈을 생기게 했다.

'아니야, 아직 늦지 않았어. 만일 누군가에게 들키는 날엔…. 교회당으로 돌아가야겠어…….'

내 깊숙한 곳에서 마치 어눌한 천사와 날렵한 악마가 싸우는 듯했다. 감정의 소용돌이도 일어났다. 얼어붙은 발걸음을 되돌리려 했다. 그 순간이었다.

08

바 안에서 낯설지 않은 교향곡이 들려왔다. 기계 톱니가 맞물려 돌아가는 소리인지는 잘 분간되지 않았지만, 이 같은 잡음과 교향곡이 한데 뒤섞였다. 흙 파는 소리와 유사하다는 생각도 들었다.

교향곡은 귀에 익은 모차르트의 36번 C장조 '린츠'인 것은 분명했다. 웅장하면서 진지한, 그러면서 경쾌한 트럼펫과 드럼 소리. 어릴 때부터 엄마가 나의 고질적인 잡념을 없애주기 위해 들려주던 교향곡이었다. 자주 고장 나는 에스엠(SM) 시디플레이어기를 손수 고쳐주면서 말이지. 여기도 그리 나빠 보이지는 않았다. 따스하게 스며있는 모성애가 느껴지니까.

이젠 어디론가 되돌아간 들, 외로움이 더 엄습해 올 것만 같았다. 그래도 이 바는 나 잘난 맛에 사는 지금의 내 처지와 무척이나 닮아 보였다. 겉으로 화려하지 않는 게, 어느 누구의 발걸음도 없을 것 같은 한적한 내 은신처가 될 수도 있지 않을까.

힘이 있는 나의 오른손으로 문손잡이를 조심히 잡아 돌려, 낡고 삐걱거리는 문을 슬그머니 열어젖혔다. 그땐 아무 인기척 소리도 들리지 않았다. 잡음과 뒤섞여 잔잔히 들려오던 린츠의 소리 흔적마저도 갑작스레 사라졌다. 뚝 하고 끊어졌다. 마력(魔力)일까. 하지만 그따위 건 나에겐 아무 문제가 되지 않았다. 수도자의 길을 가려는 내가 무의식적으로 먼저 살핀 건 바 구석구석에 설치되어 있을지도 모르는 감시용 카메라였다.

빠르게 이리저리 눈을 굴리며 천장도 훑어봤지만, 카메라처럼 생긴 건 어디에도 없었다. 흐린 청록색 불빛과 불그스름한 두세 개의 흰색 촛불이 내 집만 한 크기의 13평 남짓한 칵테일 바를 은은하게 밝히고 있을 뿐이었다.

긴 테이블과 스툴, 선반에 차곡차곡 쌓아 올린 와인병과 허리가 잘록한 투명한 유리잔이 바 한가운데 비치돼 있는 게 고작이었다.

서너 개의 자그마한 스툴 가운데 한두 개는 한동안 손님이 없었는지 먼지가 뽀얗게 앉아 있었다. 그런데 있어야 할 바의 계산대가 없는 게 마치 유령 소굴처럼 보여 이상했지만, 지저분한 시커먼 거미줄은 구석구석 어디에도 없어 보였다. 종교성 짙은 성모상이나 십자가는 당연히 없을 거고. 다행히 신자는 아닐 듯싶어 가슴 두근거리는 흥분이 차츰 가라앉았다.

'여기에다가 사주팔자를 곁들인 운명 심리 상담실을 차리면 안성맞춤이겠는 걸. 고민을 들어 주고 칵테일도 팔면서. 당연히 가면도 써야겠지. 혹시나 유명세를 타서 신도들에게 걸리면 안 되잖아.'

내 입가엔 잠시 미소가 번져갔다.

이리저리 고개를 돌리며 생각의 빈틈을 떨쳐내려 했다. 그러다가 우연히 바의 오른쪽 구석진 모퉁이에 있는 엷은 하늘빛 커튼이 좌우로 미세하게 흔들리는 게 내 한눈에 잡혔다. 커튼이 서서히 조금씩 걷어졌다. 하늘이 열리듯이.

09

나는 어리둥절했다. 가슴이 멎는 듯했다. 되돌아가고 싶었다. 내 온몸마저 마비되듯 뻣뻣해졌다. 별안간 커튼 뒤쪽에서 누군가 나타나서 날 덮칠 것이다.

그러고는 날 심문해서 예비 신학생 수도자라는 걸 캐낸 뒤 신도들에게 유흥 술집에 온 사실을 알리지 않는다는 대가로 어마어마한 뒷돈을 요구할지도 모를 노릇이다. 돈이야 많으면 주고 뒤도 안 돌아보고 도망가면 그뿐이겠지만.

아니면……. 야생고기를 먹으며 분노가 조절되지 않는 '사이코패스'일 수도 있겠다는 생각이 내 머리를 스쳐 갔다. 내 목과 팔다리가 잘려 바의 뒷산에 버려질 것만 같았다.

이곳 칵테일 바에 들어서면서 내 머릿속에 허황되게 그렸던 '운명 심리 상담실'은 이미 사치스러운 하나의 근거 없는 환상으로 거품처럼 사그라졌다. 심지어 극도의 공포심이 풀 수 없게 뒤엉켰다. 세상 물정 모르는 나 같은 순진한 이들을 노리는 덫이란 생각이 지속됐다.

그런데 이런 우려와 달리, 막상 내 앞에 드러난 건 …… 여릿여릿한 가냘픈 한 생명체. 짙은 화장의 얼굴을 한 여인이 졸린 두 눈을 비벼대며, 내 앞으로 천천히 다가왔다.

나에게 자유라는 선물을 준 나의 여인 갈리아? 생사도 모르는 그녀를 우연히 여기서 만날 거라는 생각을 한 나 자신이 망상증 환자일지도 모른다. 이 여인은 수수한 화장기 하나 없었던 나의 갈리아와는 워낙 달라 보였다. 긴 은빛 귀고리를 늘어뜨린 늘씬한 미국 마텔사 인형 '바비'를 연상시킬 정도다. 갸름한 그녀 얼굴엔 주름 하나 안 보였다니까.

그래도 옥에 티랄까. 그녀의 한쪽 긴 속눈썹 마스카라가 손으로 눈언

저리를 억지로 비빈 탓에 '톡'하니 떨어지면서 간신히 그녀의 발그스름한 볼에 걸치듯 붙고 말았다. 그런 그녀를 보고는 긴장된 내 온몸이 한순간 스르르 녹아내렸다.

처음 본 그녀였지만, 어느새 쑥스러운 어색함도 한꺼번에 사려져 버렸다. 나도 잘 모를 뭔가 하고 싶은 말들이 내 입속에서 쉽게 터져 나오지 않았다. 순간 말문이 막히고 만 것이다.

그 대신에 그녀에게 가까이 가서 얼굴에 붙은 마스카라를 검지로 가리켰다. 그러면서 그녀가 나온 커튼 틈새를 물끄러미 쳐다봤다. 그녀의 정체가 의심스러워서라기보다 그저 호기심에 지나지 않은 나의 행동이었다.

몹시 비좁은 칵테일 바 안에 언뜻 보인 커튼으로 가려진 또 하나의 작은 방……. 그건 그녀만의 비밀스런 놀이터 같았다. 그녀의 작은 손가방과 망사처럼 속이 훤히 비칠 것 같은 체액으로 얼룩진 속옷들이 침대 매트리스에 이리저리 어질러 있었다.

하지만 곳곳에 고급스러운 진한 플로랄 향수 향기만큼은 그윽했다. 여러 장의 낡은 모차르트의 교향곡 엘피 레코드판도 어김없이 있었고, 아마 이 레코드판에 린츠곡이 담겨 있겠지. 그렇지만 이 작은 방과는 어울리지 않게 방 구석진 곳엔 작은 술병 두세 개와 흙먼지가 잔뜩 묻은 모종삽이 언뜻 내 눈에 잡혔다.

'조금 전에 교향곡과 섞여 들린 잡음. 기계음 소리는 아닌가 보군. 모종삽으로 흙을 파는 소리 같기도 했었잖아……. 그게 맞나 보네. 종종 교향곡을 들으며 뒤뜰에 꽃을 심나, 독한 술도 찔끔찔끔 마셔가면서……'

낯선 이곳에 그녀가 문득 비밀스러워 보였다. 날 그렇다고 사이코패스 환자처럼 해코지할 것 같지는 않았다. 매혹적이라기엔 다소 과장될 듯싶지만, 편안하면서 빈틈도 있는 한두 살 어린 여동생 같다고나 할까. 이곳에서 이렇게 우연히 내 또래 여자애를 만날 줄이야.

그녀는 날 보자마자 깜짝 놀라는 표정도 없었다. 자신의 은밀한 작은 방을 눈여겨보는 것도 그리 신경 쓰거나 못마땅해 하지도 않은 듯 싶었다.

“어떻게 오셨죠?”

10

그녀는 손님한테 늘 하듯 의례적인 물음으로 다가왔다. 그러고는 내가 아무 말이 없자 더 다그치지 않고 자신을 바텐더라고 했다. 그런데도 나는 멍하니 서서 더 이상 아무 말도 하지 못했다. 왠지 이곳이 낯설어서일 것이다. 그리고 바가 작고 허름하기도 해서 굳이 그녀에게 자격증이 있는지, 바의 주인인지도 물어보고 싶지 않았다. 그녀의 자존심만큼은 지켜주고 싶어서다.

또 있다면, 화장이 짙어 정확히 그녀의 민낯을 보긴 어렵지만, 그 너머 얼굴의 관상이 이미 많은 걸 말해줬기 때문이다. 긴 눈썹의 우뚝 선 콧날, 그리고 낮은 광대뼈. 일의 결실은 많으나, 믿을 만한 친구는 거의 없다 정도. 이런 여러 생각들에 무슨 말부터 해야 할지를 잃어버리고

만 것이다.

그녀는 내가 아무 말 없는 게 원래 말수가 적은 사람이거나, 긴장한 탓이라 생각한 모양이다. 그녀는 잠시 머뭇거리더니 나를 먼지가 뽀얗게 쌓인 딱딱한 스툴 대신에, 눈짓으로 그녀의 작은 방으로 자리를 옮겨 푹신한 침대 모서리에 앉게 했다. 그러자마자 나에게 권한 칵테일은 슬픈 사연을 담고 있는 '마가리타'라고 했다. 불편하거나 낯설지는 않았다.

방 틈새로 칵테일을 준비하려고 좀 멀어진 그녀의 뒤태가 내 눈에 들어왔다. 슬퍼 보이면서도 그녀가 만드는 칵테일 빛깔과 한데 섞여 라임빛을 신비스럽게 연출할 듯싶었다.

잠시 후 그녀가 내 앞으로 들고 온 '마가리타'. 나는 나 자신을 가렸던 마스크와 선글라스를 벗어 침대 위 구석에 던져 놓았다. 그러고 나서 물 마시듯 나의 갈증을 해소하려 한 모금 들여 마셨다. 예상했던 대로 그윽하고 달콤한 맛을 냈다.

미국 로스앤젤레스의 한 레스토랑에서 근무하던 바텐더가 그의 죽은 멕시코 연인을 그리며 지은 칵테일 이름이라는 걸, 어디선가 들은 적이 있기도 하고. 묻지도 않았는데, 마가리타의 사연처럼 그녀도 자신의 사랑하는 사람이 바텐더였는데 불의의 사고로 죽었다고 했다. 그러면서 나에게 이 칵테일을 정성스레 손수 만들어 건네줬다. 그녀가 내 머릿속을 훤히 들여다보는 듯했다.

연이어 두세 모금 마신 마가리타가 내 몸속을 따스하게 달궜다. 마치 '성(聖)과 속(俗)'이 내 몸 안에서 급속히 뒤섞이는 듯했다. 기계음도 환청으로 들려오면서.

오랜 세월 쓸쓸했는지 바비 인형 모습의 그녀에게 빠져들면서 쉽게 잠자리로 들어가고 있었다. 그녀가 토해내는 신음과 함께 교회당에서 애써 일궈온 죄의식과 진실들이 물거품처럼 사그라졌다. 어제 이른 아침에 영성학자인 사제에게 축성 받은 성수(聖水)를 내 목 안으로 콸콸 쏟아붓고 싶을 정도였다. 내 몸속 깊은 곳까지 돌이킬 수 없는 진한 후회가 적지 않게 밀려왔다.

하지만 아무 일 없는 듯 일상으로 돌아가려는 그녀의 모습에 죄책감이 움츠러들었다. 이리저리 몸의 체액들을 닦아낸 휴지들만이 침대 주위를 어지럽혔다. 마치 죄의 흔적들을 말끔히 씻어낸 것처럼.

11

"나 이제 말 놔도 되겠지?"

그녀는 이미 내 친구가 되어가고 있었다. 그녀의 당돌함이 어색하기도 했지만, 한편으론 내 깊숙이 억눌린 감정을 어루만져주는 듯했다. 그녀의 말들을 순전히 받아들이고 싶었다.

"그래, 편히 해."

내 대답에 잠시 머뭇거리는 그녀의 눈빛을 읽을 수 있었다. 그래도 그녀는 꽤 용기를 내는 듯했다. 거침없는 말들을 일순간에 쏟아냈다.

"넌 애늙은이처럼 무슨 고민이 그리 많니? 고리타분하게……. 말이 없어 과묵한 사람인 줄 알았더니. 어젯밤엔 너한테 인생수업 듣는 줄 알았어. 여자애들은 그런 거 질색한다니까."

그렇다. 시간이 오래 흐른 모양이다. 나는 칵테일을 마신 후엔 내 정신이 아니었나 보다. 말이 걷잡을 수 없을 정도로 술술 나오고 만 것이다.

"고마워. 지겹고 따분한 내 말 들어줘서."

"솔직히 따분하지는 않았는데, 달콤하지 않았어. 잠자리에서 종교 얘기를 하면 어떡하니."

"내가 종교 얘기를? 뭐라 했는데?"

내 정체가 들킬까 봐 겁부터 났다.

"몰라서 물어? 기독교 학자 루돌프 오토를 말하지 않나. 죄의식만 들잖아. 대학교양 수업 때 들었던 오캄 선생까지도 들먹거리면서 두려움과 매혹이라니……, 쯧쯧."

그녀는 내가 못마땅한 듯 혀를 두세 차례 차더니, 말을 이었다.

"너 대학생이지? 그것도 일류대 학생, 맞지? S 국립대 아니면 사립명문 G대……? 넌 어린 나이에……, 현실성도 없이 죄책감에 찌들었어. 세상사 비판하는 철학이나 언론학 강사는 아닐 테고. 내 생일에, 태어난 시간까지 물어보기나 하고. 너 사주 볼 줄도 알아? 혹시……."

두서없는 그녀 질문에 나 자신이 들통 난 것 같아 마음이 뜨끔거렸다. 애써 감춰야만 했다.

"아니야. 그냥 내 모습……, 보이는 그대로 봐줬으면 해. 가톨릭의 토마스 아퀴나스 교부들 얘기를 읽다가 개신교 학자나 철학자들이 말하는 게 현실성이 있더라고. 네 말대로 죄의식은 생명을 보호하려고 생긴 자의식이라고 하더라. 너무 쾌락에 빠지면 몸이 상하니까. 그래도……, 내가 말한 걸 아주 정확하게 기억하네. 그리고 생일은……."

그녀는 내가 말도 채 끝맺기 전에 불쑥 끼어들었다.

"내 생일 뭐? 하여튼 간에 날 무시하는 거야? 비밀이 뭐 그리 많은지 널 숨기기에 급급해. 네가 그리 대단해? 넌 이론만 빠삭해. 난 이래 봬도 배우를 꿈꾼 연극학도였다고."

"정말, 네가?"

"이게 날 또 무시하네. 나야 고물상 하며 빚에 허덕이는 부모 잘못 만나, 이 모양이 된 거지만. 돈 없으면 다 이렇게 되는 거야. 그렇다고 배운 것들이 뭘 할 수 있을까? 마음의 힐링? 변화와 개혁? 지나가는 개가 웃겠다. 자기 밥그릇 챙기기에 급급한 겁쟁이들일 뿐이지. 근데, 넌 내가 겪은 여느 못된 남자랑은 다른 건 확실한데……. 나에게 예의 갖춰 대하는 것도 그렇고. 말하는 것도……, 아니다, 아니야. 고리타분한 너한테 내가 뭘 말하겠어. 그래도 네가 잠들기 전에 말해줬던 꿈 얘기랑 해석은 재밌었어."

"내가 꿈 얘기도?"

내가 술에 잔뜩 취했었다는 생각이 들었다.

"그것도 기억 안 나? 내가 예쁘다니 어쩌니 하면서 프로이트의 꿈 풀이를 늘어놓더니만. 해석은 흥미진진했지. 그렇지만 칼 융의 집단 무의식이 어쩌고저쩌고는 진짜 너무 어려웠다니까. 그걸 잠자리에서 말해야 네 마음이 풀려? 또 태어난 생일을 말해달라고 어찌나 날 조르는지. 생일 챙겨주려고? 됐네, 됐어. 사주 봐준다면 모를까……. 네 나이에 사주보는 걸 알기나 하겠어?"

그녀는 날 무시하는 듯 이렇게 말하곤, 침대 위에 실크빛이 감도는 얇은 이불을 부드럽게 끌어당겨 자신의 몸을 가렸다. 내 대답을 기다리는 것 같지는 않았다.

그러고는 쑥스러운지 뒤돌아 앉아 짧은 살색 거들을 챙겨 입느라 정신없어 보였다. 이제야 내 앞에 자신의 몸이 훤히 드러난 모습이 무척 부끄러워진 모양이다.

부모를 잘못 만났다는 말과 겁쟁이란 그녀의 말들이 내 가슴 속으로 송곳처럼 강렬하게 파고들어 왔다. 그녀는 무심코 내뱉은 말이겠지만 말이다. 하지만 또 여기서 이런 잡다한 생각들에 빠져 있을 때가 아니었다.

나도 서둘러 바지 앞 지퍼를 성급히 올리며 풀린 허리띠를 단단히 맸다. 양발로 쓰러진 갈색 구두를 툭툭 쳐 가지런히 세워놓고는 구두 양짝 뒤축은 일부러 꺾어 신었다. 언제부터인지 바닥 구석에 떨어져 있는 마스크와 선글라스도 챙겼다.

그러고는 누가 볼세라, 커튼을 거칠게 열어젖혀 얼른 문밖으로 걸어나갔다. 오랜 신앙 수련으로 가꿔진 내 반듯한 모습을 그녀에겐 들키고 싶지 않았겠지. 망나니처럼 보이고 싶었을까. 그녀에게 가볍게 인사하는 것도 잊은 채…….

모종삽으로 무슨 꽃을 심었는지도 묻고 싶었지만, 굳게 닫힌 내 입술이 쉽게 떨어지지 않았다.

'물어볼까?'

그녀에게 되돌아가 작은 방구석에 있던 흙먼지 묻은 모종삽, 그리고 작은 술병에 관해 묻고 싶다. 이렇게 나의 궁금증을 해소하고 싶었다. 이건 그녀 곁에 더 머물고 싶은 하나의 구실이려나. 그녀는 자신 곁에 머물 나의 핑곗거리로 여기겠지.

내 뒤로 멀찌감치 "같이 샤워하고 가."라는 그녀의 목소리가 애절하게 들려오는 것 같았다. 환청은 아니었다.

머릿속이 헝클어졌다. 그녀 곁에 있고도 싶었지만, 가상의 감시용 카메라가 내 머릿속에서 요란하게 작동되면서 그러고 싶은 마음이 쉽게 사그라졌다. 싸늘해진 내 온몸이 그녀의 여린 손으로 칠해진 비누 거품과 욕실의 수증기로 번들거리는 듯했다. 아직 풀지 못한 퍼즐, '모종삽, 그리고 술병.' 잊어야겠지.

집에 돌아오자마자 바닥에 고꾸라졌다. 그러고는 곤히 잠들었다. 모든 죗값과 고통을 뒤로 한 채.

제3장

일상적인 현실의 것들

Mind Theraphy

12

눈이 자연스럽게 떠졌다. 좀 있다, 오전 7시로 맞춰놓은 자명종 소리도 울려댔다. 이른 아침인 거였다. 내 머리가 이리저리 쑤셔왔다. 일어나자마자 산소가 부족해서 머리가 아픈 건지, 확인도 할 겸 창문 블라인드부터 올리고, 안쪽 바깥 창문 모두를 활짝 열어 재꼈다.

햇빛은 예상처럼 쏟아져 내리지 않았다. 날씨는 우중충했고 차가운 기운이 맴돌았다. 오늘따라 유난히 편두통이 심했다. 바깥 공기도 전혀 도움이 되지 않은 모양이다. 뱃속도 거북해 구역질이 났다.

어젯밤과 오늘 새벽 벌레들을 잔뜩 먹는 꿈을 꿔서인가 싶어 욕실에 가서 억지로 구토도 해봤지만, 신물만 넘어오고 목구멍이 따끔거릴 뿐 허사였다.

심지어 어젯밤 그녀와 몸을 섞은 죄의식이 내 목을 졸라왔고 날 산산이 부서뜨릴 것만 같았다. 욕실에 가서 몸이 발갛게 부어오를 정도로 구석구석 비누칠 하며 씻고 나왔다. 달라진 건 없었다. 모든 게 엉망이었다.

엄마는 새벽녘 일찌감치 일하러 나간지라 인기척은 없었다. 그녀의 방문도 굳게 닫혀 있었다. 그녀가 손수 차려놓은 현미가 섞인 잡곡밥 한 그릇과 고등어 김치 시금치 등의 밑반찬이 여느 때처럼 식탁에 놓여 있었다. 그런데 뱃속이 편치 않아 먹는 걸 쉽게 단념하고 말았다. 입속에 벌레들을 확 토해내고 싶었다.

때마침 내 방구석에서 밤새 충전하고 있었던 내 휴대전화기의 문자음이 짧게 두 번 경쾌하게 울렸다. "차려놓은 밥 먹으라는 것과 기숙사 방 배정 확인해라."라는 엄마의 메시지였다.

엄마가 비밀리 숨겨놓은 카메라를 통해 나를 가까이서 지켜보는 것만 같았다. 나를 누군가가 감시할 거라는 망상이 날 늘 괴롭혔다.

오늘은 오전까지 수도원 학교를 직접 방문해서 입학 허가서를 제출하는 날이다. 기숙사 방 번호도 방문해서 직접 자신의 눈으로 확인하는 절차가 필요했기 때문에 인터넷 접수는 허락되지 않았다. 그래서 자명종 시계도 7시로 맞춰놓았던 거고.

나도 얼른 나가봐야 했다. 엄마처럼 부지런해야 했다. 그때 내 주먹한 줌도 채 안 되는 갓 태어난 고양이 '말롱이'가 내 품에 안겨 곤히 잠들어 있었다. 그래도 모르는 체할 수밖에 없었다. 출신 성분도 알 수 없이 길가에 버려진 푸른 눈의 새끼 고양이 '말롱이'. 이걸 불쌍하다는 이유 하나만으로 키워왔다.

도덕이니 윤리니, 심지어 정의조차도 골치 아프게 따지지 않아도 상관없는 이 고양이의 삶이 나보단 여러모로 나아 보였다. 이놈에겐 먹이와 잠자리만 있으면, 투정하나 부리지 않으니. 말롱이가 가장 원하는 고등어의 머리를 식탁 위에서 잘라 잠든 이놈 옆에 던져 줬다.

그러고는 옷을 두툼하게 입고, 서둘러 문을 박차다시피 하고 나갔다. 그런 내 앞엔 맑은 공기 대신 온통 어둡고 희미한 안개로 펼쳐져 있었다. 마치 종잡을 수 없는 내 인생길처럼 말이지. 겨울 끝자락답지 않게 이른 아침부터 칙칙하고 눅눅한 잿빛 안개마저 날 곤욕스럽게 하고 있는 거였다. 강가에도 안개가 짙게 깔려 있다 보니 내 속이 썩 개운치만은 않았다.

13

전철과 마을버스를 번갈아 옮겨 타며 한참 지나가서도 내 두개골 한쪽이 깨질 듯 아파 왔다. 어두운 안개마저 쉽게 걷힐 줄 몰랐다. 차창 너머 따사로운 햇살은 이에 질세라 조금씩 짙은 안개 틈새를 비집고 들어왔다. 간신히 살아남은 빛줄기들, 그것들은 여러 가느다란 새 깃털이 내려앉듯 초콜릿색의 허름한 가방을 멘 내 왼쪽 어깨 위에 비춰왔다.

어느새 서울 S로터리를 지나갔다. 나에겐 낯설지 않았다. 인근 정류장에 버스가 속도를 줄여가며 멈춰 세워 뒷문을 활짝 열어줬다. 나는 서둘러 내렸다. 조금이라도 꾸물거리기라도 하면 기사분의 불편한 눈빛과 험한 욕설이 들려오기 때문이다.

그런데 너무 급하게 내린 나머지, 움푹 팬 땅에 발을 헛딛는 바람에 난 앞쪽으로 나뒹굴었다. 갑작스럽게 일어난 일이었다. 창피하다는 생각에 얼른 일어나려 했다.

한쪽 발목이 몹시 시큰거렸다. 나도 모르게 뒤뚱거렸다. 극심한 고통이 발목 관절 쪽으로 한꺼번에 밀려왔다. 얼굴에 잔뜩 주름진 구릿빛 피부의 버스 운전사도 순간 몹시 놀랐는지 그의 목이 붉게 달아올랐다. 그는 차를 멈춰 세우곤 출발을 지연시켰다. 사이드미러로 '괜찮다.'라는 내 손짓을 보고 나서야 안심하는 눈치였다.

승객들은 짜증 섞인 눈빛만을 보내올 뿐이고 그들을 만족시키기 위해서라도 나는 뒤뚱거림 없이 얼른 옷에 잔뜩 묻은 흙먼지를 툭툭 털어낼 수밖에 없었다.

그런데……, 버스는 이미 어디론가 가버리고 없었다.

"썩을 것들!"

나도 모르게 입 밖으로 거칠게 내뱉은 말이다. 난 종종 이 같은 일들이 벌어질 때마다 마음속으로도 이렇게 불만을 품었다. 오랜 영성훈련도 나에겐 소용없었다.

내가 몹시 다칠 수 있었던 이런 일들을 단지 짙은 안개 탓으로만 돌리기엔 왠지 석연치 않았다. 머릿속이 지근거리고 복잡할 땐 흔치 않게 일어나곤 했다. 두통약은 듣기는커녕 속만 더부룩했다. 그럴 때마다 머리를 좌우로 흔들어 댈 수밖엔 없었다니까. 잠시 도로변에 내놓은 자그마한 상점 의자에 앉아 얼굴을 찡그린 채 발목을 쥐어 잡고 있다가 일어나 길에 발을 '툭툭' 디뎌봤다.

다행히 나의 사주팔자엔 다리를 다치는 등의 급각살은 없어서인지 아픈 게 사그라진 느낌이었다. 이 같은 살이 없으면, 다칠 확률은 그만큼 적다는 말이다.

14

마침내 힘겹게 사람들로 벅적거리는 길을 들어선 나 자신을 발견했다. 여러 상념이 교차하고 있을 때도 무의식대로 내가 움직여 가고 있다는 게 신기할 때가 있다. 오늘이 그 날인 거였다. 다시 정신을 차리고 한발 두발을 내디뎠다.

그 순간 늦은 저녁때도 아닌데, 덩치 큰 여러 남자들과 나이 꽤나 든 아주머니들이 자신들 업소로 내 손을 잡아끌었다. 나에겐 낯선 얼굴들이 아니었다. 대로변으로 가도 이런 호객행위가 여전했다.

그들은 명함 크기 광고지에 낯 뜨거운 여자의 알몸 사진을 내밀며 자신의 업소로 들어오라는 몸짓을 보였다. 싫지는 않았지만 나의 치부를 건드리는 듯했다. 옷에 요란한 장신구를 한 아주머니가 내 손을 더 강하게 잡아끌며 말을 건넸다.

"학생, 한번 들르지? 얼굴이 고와 보이는군. 사내 얼굴이 아니야."

"저, 학생 아니에요."

"그럼 더 잘됐네. 와서 술 한잔하고 가시지……. 강남 이태원 저리 가라야. 물도 당연히 좋고말고."

"지금 좀 바빠서……요."

나는 참다못해 그녀의 손을 뿌리치고는, 인적 드문 꼬불꼬불한 거리로 터벅터벅 걸어갔다. 여기서부턴 신종 휴대전화 단말기 전단지로 행인들을 현혹하곤 했다.

예상한 대로였다. 내 손엔 몇 분도 안 돼서 휴대전화기 광고 전단지로 가득 쥐어있었다. 예전에도 그랬는데, 변한 게 없었다. 그 호객꾼들은 내 얼굴을 기억하진 못하는 것 같았다.

'나란 인간에 대해선 관심이 없을 테니까.'

이젠 이 길을 지나다 보면 완만한 경사에 일직선으로 뻗은 길이 나타난다. 그러고는 숨이 꽉 막힐 정도의 큰문이 내 앞에 버티고 있겠지. 이것 또한 예상했던 대로다. 막다른 골목처럼 꽉 막힌 커다란 쇠창살 문이 떡하니 나를 막아서는 게 아닌가.

내가 마주치길 꺼린 곳. 영영 보는 것조차 싫어할지도 모르는 굳게 닫힌 철문. 그 위압감에 나도 모르게 멈춰 선 채 목을 뒤로 젖혀 위를 올려다볼 수밖에 없었다.

문 위쪽 좌우로 흐릿하게 보이는 가지런한 붉은 벽돌 벽이 거세게 다가와 날 억누르는 듯했다. 높게 겹겹이 철창으로 둘러싸인 주검의 아성으로 마주 섰다. 그 벽을 타고 오르는 담쟁이 넝쿨 위쪽에 뾰족이 돌출한 깨진 여러 병 조각이 나의 연약한 목을 겨냥해 오는 것 같았다.

잔잔하면서도 웅장함을 감추지 못한 미사곡도 내 귓가로 우연히 흘러 들어와, 피로 얼룩질 정도로 얇은 고막을 콕콕 찔러댔다. 그 탓일까. 문득 어젯밤 칵테일 바 침대의 흰 실크빛이 감도는 얇고 포근한 이불 속이 또 기억났다. 그곳에서 이름 모를 한 여인과 은밀하게 몸 섞은 그 죄를 묻는 것처럼…….

다채로운 초롱 불빛 아래 어질러진 잠자리가 칼로 난도질 대며, 욕망의 얼굴은 갑작스레 낯 뜨거운 죄의식으로 탈바꿈됐다. 차츰 나의 거칠어진 작은 호흡도 멈춰만 갔다.

일탈은 감미롭다. 그럼에도 두렵고 가난처럼 지긋지긋하다. 이를 꿈꿀 때마다 도덕의 화신처럼 나의 엄마가 생각나서다. 가느다란 손의 마디마디가 굳은살이 박인 그녀가 애처롭다.

화장대 앞에서 분을 바르거나 거울 보는 것도 사치스럽게 생각하며, 그렇게 자신을 혹독하게 내몰며 일만 아는 엄마……. 그런 내 엄마는 손님을 위해 애써 꾸미지 않아도 되는 '잡부'다.

두 달 전 크리스마스이브 날이다. 늦게 일을 마치고 집에 돌아온 엄마는, 얼음을 지치는 산타클로스 인형이 얹힌 케이크를 꺼내 초를 꽂고 성냥으로 그어 불을 켰다.

하지만 미처 담배꽁초와 쓰레기가 뒤섞인 고약한 냄새를 지우지 못한 엄마의 몸에서 풀풀 나는 역겨움이 온 집안에 진동했다. 나는 코를 급히 한 손으로 틀어막고 화장실로 들어가기 바빴다.

거기서 큰 소리로 엄마를 타박했다. 그게 일상이 되어 갔다. 엄마한테 바텐더의 몸에 뿌린 플로랄 향수의 향기를 바란 건 아니다. 그녀가 이렇게 번 하루 품삯으로 억척스럽게 나를 뒷바라지하며, 밤늦게는 남자들처럼 술주정꾼들의 대리운전까지 도맡기도 하는데…….

그래도 그 덕분이었을까. 하늘이 감동한 듯 나는 학창시절, 줄곧 전국 모의고사에서 교내 전교 수석을 놓치지 않았다. 어렸을 때부터 엄마가 내 앞에 백과사전을 던져주며 아무 생각 없이 외우도록 강요한 결과물일 듯싶다. 밥 먹을 시간도 잊어가며, 외우고 또 외웠다.

그럼에도 나는 간식을 차려 내 공부방 문을 열고 들어오는 그녀를 향해 버럭 화를 낸 적도 셀 수 없이 많았다.

심지어 엄마가 정성스레 차려온 쟁반 위의 오렌지와 배, 사과 조각들을 방바닥에 힘껏 내동댕이친 적도 있었다. 이를 엄마는 아랑곳하지 않고 아무 일 없는 듯 얼른 엉망이 된 간식을 내 책상 위에 올려놓고 서둘러 나갔다. 내 마음 안엔 신의 창조 섭리의 아름다움은 어디에도 있지 않았다. 아니, 느낄 시간조차 없었다.

그러고는 그녀가 나에게 요구한 건 가톨릭 신부, 수도자의 길이었다. 냉혹한 고행길이었다. 항시 난 벗어나려 몸부림쳤다. 엄마가 그토록 염원했던 수도자의 길이었건만, 나에겐 전혀 어울려 보이지 않았단 말이다. 누굴 원망하고 탓하겠는가.

내 몸과 영혼을, 거듭되는 견디기 힘든 참회의 족쇄로 옭아매는 이곳, 수도원 학교에서 벗어나려 끊임없이 몸부림쳐 왔다. 이젠 멈춘 발걸음을 어디론가 옮길 수밖에 없었다.

"이봐 자네, 거치적거리지 말고, 저리로 좀 가주게나."

수도원 학교 정문 앞에서 여러 상념에 잠겨 멍하니 서 있는 나에게, 경비 아저씨가 툭 던진 말 한마디였다. 그는 떨어진 낙엽을 쓸다가 내가 그걸 밟고 서 있는 게 몹시 짜증 난 모양이다. 여러 번 입학원서를 내려 이곳에 와서인지 나에겐 낯익은 아저씨였지만, 그도 호객꾼들처럼 날 전혀 모르는 눈치다.

해마다 나 같은 학생들이 얼마나 많았겠는가. 날 안들 나 같은 게 그에게 무슨 의미가 있을까도 싶다. 나는 아무 말도 하지 않은 채 그가 들고 있는 대나무 빗자루를 간신히 피해 뒤로 물러서 있을 뿐이다.

못내 그는 내가 몹시 귀찮았는지 빗자루를 내 앞에 툭 하고 내던지고는 저 멀리 가버렸다. 그쪽에서 잔뜩 흐린 날씨에 걸맞게 그의 담배 연기가 자욱이 올라왔다.

'성깔하고는…….'

자연스레 드는 내 생각이었다. 내가 응수라도 했더라면, 목소리 높여 가며 싸움 날 게 분명했다. '대화'란 의미가 퇴색되어 보였다.

붉은 벽돌로 촘촘히 둘러싸인 이 학교의 교정처럼 그도 관용이라고는 전혀 찾으려야 찾아볼 수가 없었다. 교정에서 재잘거리는 그리 흔한 학생들도 보기 힘들 정도로, 여러 가지가 가파른 절벽처럼 느껴졌다.

끊임없이 이어지는 수도자들의 참회와 기도의 음성만이 들려올 듯싶었다. 이들이 원하는 게 대체 뭐라는 말인가. 설마 『장미의 이름』에서 움베르코 에코가 표현한 '과즙이 뚝뚝 떨어지고, 소시지가 주렁주렁 매달린 천국'. 이걸 꿈꾸고 있는 건 아니겠지? 아니면, 현실에선 상상하기도 어려운 정의로움을 꿈꾸고 있는 걸까? 기회의 평등도 아닌, 강남 부자와 달동네의 가난한 이들을 무색케 하는 조건의 평등을? 어림도 없겠지만 말이다.

은밀하게 구석진 이곳마저도 이를 꿈꾸는 이들을 염탐하러 온, 턱엔 군살이 끼고 수염이 덥수룩한 정보원들의 밀담이 쉽게 내 귓가로 교차되어 들려오는 듯했다. 명상 대신 순한 쿠바산 시가를 입에 물고, 담배 연기를 코로 들여 마시며, 침도 이리저리 뱉어가면서 말이지.

나는 이를 상상하기만 해도 머리가 더 지끈거렸다. 중세 시대였다면, 며칠 후엔 이곳이 왕가의 시퍼런 칼날이 번뜩이고, 순교자의 피로 얼룩질 것만 같았다. 가끔 여길 들어간다고 생각할 땐 목 뒷덜미로 식은땀이 뜨거운 피처럼 줄줄 흘러내릴 정도이니까. 하필이면 이 학교가 성인(聖人)이 될 수 있는 유일한 통로이며, 엄마의 염원이라니…….

15

여태껏 내 의지와 무관하게 이끌려왔다. 벗어날 수가 없어 체념하려 했다. 심지어 내 심장을 거세게 죄어 왔다. 하지만 산산이 부수리라. 도망치리라. 저 멀리 보이는 경비 아저씨의 담배 연기처럼 자유롭게.

높게 쌓아 올린 벽돌 벽 위를 올려다보는 것도 그만해야 했다. 망설여서도 안 된다. 그렇게 마음을 가다듬으며 굳게 닫힌 신학교 문 앞에서 흐르는 눈물을 머금었다.

뒤로 젖힌 내 머리도 꼿꼿이 세웠다. 그러고는 그 자리에서 망설임 없이 학교장 인장이 찍힌 입학 허가서를 인정사정없이 찢어버렸다. 내 손이 그걸 감당하기 어려웠는지 수전증 환자처럼 벌벌 떨려왔다. 뒷목도

빳빳해졌다. 이런지도 꽤 오래된 것 같다.

눈앞이 짙은 안개 낀 것처럼 희미했다. 내 나이 벌써 20대 중반. 그동안 기억도 가물가물하다. 대학 입학시험도 여러 번 치렀다. 공부하는 도중에 군대도 끌려가듯 갔다 왔다. 또다시 난 수도원 학교 정문 앞에서 있다.

어릴 때부터 나에겐 자유의지라는 건 없었다. 자유의지는 종교의 교리나 신학자의 머릿속에 있는 거였다. 엄마로부터 오로지 신의 섭리에 의해 움직이는 헤브라이즘 정신만이 주입됐다. 내가 선택하는 게 아니다. 모든 게 나의 엄마와 하늘의 선택이고, 나는 그걸 순종할 뿐이다.

기원후 4세기 아르메니아의 주교 에우스타티오스의 권유로 수도사가 된 바실리우스, 그는 복종과 순종을 계율로 남길 정도였고, 재산도 공유한다니……. 부자들은 그를 끔찍이 싫어하다 못해 상종조차 안 할 게 뻔하다.

"채윤아, 나처럼 살면, 네 영혼은 죽은 거나 다름없어."

"그래서 궁핍한 수도자가 되라고요? 가난뱅이가 뭐가 좋다고……."

"너, 말대답하는 거야? 잠자코 엄마 말 들어. 널 위한 거라고! 마케팅 같은 쓸데없는 거 가르치는 데 말고, 영혼과 철학을 가르치는 학교로 가야 하는 거야."

"엄마, 내가 몇 번째 수도원 신학교 입학원서를 찢은 줄 알아? 지금은 희랍어나 히브리어를 배우는 중세 시대가 아니잖아! 도미니코회, 프란치스코회 수도원 같은 금욕 공동체가 우리 집 앞 길거리에 있기라도 해? 페스트푸드 체인점, 게임방이 판치는 세상이라는 거 몰라? 이젠 정말 더 이상 견디기가…….”

“조금만 더 참고 견뎌 봐. 하늘이 널 부를 테니까.”

“하늘에 있긴 뭐가 있는데? 뭉게구름, 먹구름?”

“나도 어렸을 땐 너처럼 생각했어. 기다려보라니까. 너도 뜨거운 영적인 체험을 할 날이 올 거야.”

엄마는 늘 이런 식이었다. 난 정답이 있는 강요가 아닌 대화와 소통을 하고 싶었는데. 엄마는 넉넉지 않은 집에 시집왔어도 나를 낳고 평온한 삶을 누리는 듯했다. 하지만 신의 질투였는지 불행하게도 그 해를 넘기지 못했다.

아빠의 잦은 사업 실패로 가족은 삶의 의욕을 잃어갔다. 아빠는 식품 중개 사업한답시고 잘 다니던 직장도 그만뒀다. 점점 빚은 늘어만 갔다. 그러더니 외박하는 날도 밥 먹듯 늘어났다.

심지어 아빠가 집 안방 침실에 빼빼 마른 갈색 긴 곱슬머리의 여자를 들이는 걸 우연히 목격한 엄마. 한동안 정신과 치료를 받기도 했다는데. 늘 침실에서 낯선 그녀의 신음소리가 귀신의 음성처럼 들린다며 양쪽 귀를 부둥켜 잡고 괴로워했다. 항상 식탁 밑엔 엄마가 먹다 던져버린 약봉지들이 주인을 잃고 방황하듯 떨어져 있었다.

또 나에게 이복 누나가 있다는 사실을 뒤늦게 알았을 땐 나도 마음이 찢어질 듯이 아팠고 눈앞이 캄캄했다. 그 누나도 심적 갈등이 많았는지 고층아파트 25층 높이 옥상에서 몸을 던지며 죽음을 선택했다는데……. 남자친구와의 결별도 한몫했단다. 이건 엄마에게 전해들은 것일 뿐, 설마 타살은 아니겠지. 밤마다 거실 좁은 구석에선 엄마의 흐느껴 우는 소리가 악마의 저주처럼 그칠 줄 몰랐다.

약기운으로 엄마가 호전됐나 싶을 때였다. 저녁식사 동안 밝은 웃음으로 평화로움이 감도는 듯했다. 아빠를 용서하기도 했다. 하지만 그것도 잠시뿐이었다. 장정 같은 여러 덩치 큰 어른들이 우리 집 거실로 신발도 벗지 않고 들어와 소파를 넘어뜨리고 조명과 유리잔들을 깨뜨리며, 으름장을 놓기 시작했다.

60평 남짓한 널찍한 주택은 한순간 무법천지가 돼 버렸다. 사채업자들이었다. 아빠의 식료품 사업이 걷잡을 수 없이 나락으로 떨어지면서 큰 빚을 진 모양이었다. 항상 냉장고 첫 칸부터 딸기과자, 블루베리 시럽 등이 수북하게 쌓여있었는데, 그게 팔리지 않아서라는 생각은 해본 적이 없었다. 금융 경제 공부를 골치 아파한 나로서는 먹는 재미에 마냥 신나기만 했었다.

한 번만이라도 아빠의 주 거래처 식료품업의 주가의 하락을 확인만 했어도……. 평화로운 안식처가 한순간에 악마의 비웃음으로 난장판이 돼 버린 것이다.

엄마는 이런 일들이 잇따르면서 병원을 찾는 대신 종교로 삶을 견뎌 나가게 됐다. 나의 아빠가 피를 흘리며 사고로 돌아가시게 되는 '백호대살'이 강하게 내 사주에 떡하니 자리 잡고 있다.

아빠는 이를 이루듯 눈길에 넘어져 고관절이 골절된 채, 한동안 병원 입원실에 누워 있다가 병원비를 감당하기 어려워 무리하게 퇴원했다. 그 후 빚에 허덕이고 건강 또한 견디기 힘들었는지 욕실 창문에 수건으로 목매어 자살하는 일이 벌어지고…….

그날 늦은 새벽 아빠의 주검을 발견한 엄마는, 어린 나를 급히 깨우더니 꽉 안고 오열했다. 세면대 거울에 "미안하다."라는 혈서로 유언장을 대신한 아빠. 다른 장문의 유언장은 어디에서도 발견되지 않았다. 경찰들이 한동안 집에 들락거리면서 반갑지 않은 손님이었던 사채업자들도 자연스레 발길을 끊었다. 친척들의 왕래도 뜸해졌다. 장성으로 예편한 엄마의 사촌오빠, 가끔 연락하던 대학 교수, 의사 오촌 형도 연락이 두절됐다.

세속의 삶이란 한낱 고통의 핏덩어리에 불과하게 된 것이다. 그렇게 나에게 고스란히 주입됐고, 그 삶은 어린 나에겐 버거운 성직으로 다가온 것이다.

운동장이나 놀이공원에서 활기차게 뛰어놀며 즐거워할 나의 어린 영혼은 '십자가의 길' 속에 그렇게 핏기 없이 죽어가고 있었다. 나는 어린 나이에 아빠라는 거대한 버팀목을 잃은 것이다.

나의 아빠, 그는 젊었을 땐 속된 말로 잘 나갔다. 그런데 중국 당나라 시대에 전쟁에서 인물 특징별로 배치하기 위해 성행하던 당사주로만 봐도, 아빠는 내리막길 인생을 피하긴 어려워 보였다. 그는 12지간 동물에서 불행하게도 토끼의 특징을 갖고 태어났다.

토끼는 남들이 보기에 경박할 정도로 재빠르긴 해도 속 빈 강정처럼 모든 게 깨져나간다. 그리고 한 번 좌절하면 홀로 일어나기도 어렵다. 어려움을 상징하는 눈길엔 소심할 정도로 잘 뛰어다니지도 못한다. 결국엔 큰 짐승에게 먹히고 만다.

한때 누렸던 영화로움이 추풍낙엽처럼 떨어져 가는 비운을 맛볼 수밖에 없다는 것이다. 그래서 이를 두고 천파성, 삶이 다 깨지는 천운을 갖고 태어났다고 한다. 명리학으로 상세히 경제운인 재성 등을 따져 봐도 이를 극복하기는 어려워 보였다.

나는 이를 알면서도, 잘 나가던 아빠가 이렇게 당사주에 씌어있는 것처럼 무너진다는 걸 당시만 해도 상상조차 하기가 어려웠던 거였다.

이런 걸 겪다 보니 조금씩 영혼 없는 예비 수도자가 되어 가고 있었다. 나의 방안에 병풍처럼 둘러싼 책장엔 일상 산문이나 잡지 시 소설 대신, 자줏빛 겉표지의 '인간은 무엇인가', '기도'라는 영성 훈련서로 즐비했고, 그 뒤쪽엔 비밀스럽게 사주팔자 책들로 가득해졌다.

하지만 더 이상 이 삶은 나의 모습이 될 수 없었다. 나는 새처럼 드높은 창공을 날아다닐 것이다. 그것도 경비 아저씨가 내뿜는 담배 연기처럼 잿빛이어도 자유롭게.

제4장

가련한 영혼의 자전거 여인

Mind Theraphy

16

수도원 학교 문턱 앞에서 입학지원서를 찢어댄지 네 번째가 되어가는 건가. 어렵게 입학허가를 받아내지만, 결국 난 붉은 벽돌로 둘러싼 신학교의 높은 붉은 벽돌 벽을 바라만 보다가 감당하기 힘들어 뒤돌아설 수밖에 없다. 그저 이유 없는 반항심은 아니었기에.

더 이상 수도자는 내 길이 될 수 없다. 도덕성을 최고의 가치로 여기며 결벽증에 안달하는 엄마의 삶인 것. 엄마가 보기엔 내가 용서받기 힘든 죄인일 거야. 그렇다 해도 난 그 정도로 타락한 인간은 아니라고 나 자신을 위로해왔다.

나는 산산조각 찢기고 땅바닥에 떨어진 신학교 입학 허가서를 뒤로 한 채, 오던 길을 따라 마음을 진정시키며 숲속을 거닐 듯 걸어간다. 나의 슬픈 영혼의 주검을 모르는 채하듯. 뒤돌아선 내 앞엔 의미심장한 얼굴의 예비 신학생들로 보이는 이들이 투박한 걸음걸이로 나를 스쳐 지나갔다. 가던 걸음을 멈추고 그 자리에 잠시 서 있어 봐도 이들은 내 곁으로 되돌아오지 않았다. 그 길을 따라 굳게 닫힌 수도원 학교 문을 열고 그리로 가버렸는지……. 이들을 두 번 다시 볼 수는 없었다.

'그들도 지금쯤 머리를 쥐어짜며 고민을 하고 있을 거야. 평생 눈에 보이지도 않는 형이상학을 벗 삼아 독신으로 살아야 하는데. 하루 종일 한 마디도 말 못하는 수련도 받는다고 하잖아. 수다쟁이들은 어떻게 살라고. 옛 여인한테 오는 편지를 읽을 수나 있을까? 몰래 전자메일로 오는 편지나 메신저의 짤막한 글로 위안을 삼으려나. 근데 나처럼 뒤돌아선 이들은 왜 없는 걸까? 이상하잖아. 난 뭐란 말이냐고…….'

도대체 나는 어디를 향해 가야 하는지 나 자신도 알 수 없었다. 이제는 그 누구도 아닌 나만의 여행을 준비해야 한다는 그 사실만이 남아 있을 뿐이었다. 늦은 새벽마다 그토록 미워한 아빠의 넋을 기리며 기도하는 엄마의 애처로운 뒷모습이 내 머릿속에 그려지면서 눈물을 자아내게 한다.

나도 모르게 흐르는 눈물, 이를 옷소매로 훔치고선 왼쪽 어깨로 스르르 흘러 내려오는 가방끈을 위로 올리며 무작정 걸어갔다. 그제야 짙은 잿빛 안개가 걷히고, 따사로운 햇살이 나를 비추고 있다는 걸 느끼게 된다. 공기도 그리 차갑지도 않았다.

지금이 점심때가 지난 오후 2시쯤이라는 사실도 허름해 보이는 시계방을 지나가면서 알게 됐다. 그리 흔한 디지털 시계는 온데간데없고, 10여 년 전 혼수품으로 유행했던 여러 괘종시계가 긴 추를 늘어뜨리고 있었다. 내 머리가 한순간 몽둥이에 강하게 맞았던 것처럼 심히 아팠지만, 조금씩 상쾌한 기운이 감돌면서 욱신거림도, 몽롱함도 사라지는 듯했다. 구역질도 잦아들었다.

바로 그때였다.

17

갑작스럽게 어두운 먹구름이 몰려들었다. 내 머리 위로 드리워지더니 들짐승처럼 게걸스럽게 햇살을 다 먹어치웠다. 요즘 잘 듣지 못했던 클래식 음악도 내 귓가로 슬며시 흘러들어왔다.

모차르트의 린츠와 함께, 중학교 2학년 때쯤 즐겨 듣던 슈베르트의 '세레나데'인 것만은 확실했다. 모든 것들이 10여 년전으로 되돌아가고 있다는 착각을 일으켰다. 혼돈 속에 물 위를 운행하는 신의 장난기가 발동한 걸까?

'예수는 신? 겁쟁이 인간?' 이라는 천사와 마녀의 결론 없는 논쟁이라도 일어난 걸까? 그래서 과거의 물증을 확인하려 되돌아가려고? 시공간의 요술이라도 일어나지 않고서는. 설마 그런 건 아니겠지.

한일월드컵에서 우리가 기적 같은 4강에 오르자 곳곳에서 불꽃놀이가 한창일 때로 기억난다. 우렁찬 폭죽 소리와 남녀의 수줍은 입맞춤이 함께 어우러져 녹아들었다. 그 기운이 빨강 노랑 파랑 초록 꽃으로 밤하늘에 수를 놓을 것만 같았다.

난 그때 어린 나이에 성직자가 되기 위한 공부와 수련의 중압감으로 축제광장에는 가지 못했다. 내 공부방 의자에 조용히 앉아 반복해서 '세레나데'를 들으며, 하늘을 올려다보고 혼잣말로 그들을 축하해줬다. 하지만 그것도 얼마 가지 못했다. 서해 교전으로 목숨을 잃은 군인들의 영정 사진이 월드컵 경기 중에 뉴스 속보로 올라오고 있었다.

아빠의 죽음도 내 머릿속에서 꿈틀거리면서, 나는 세레나데를 끄고 말았다. 그러고는 텔레비전, 라디오도 듣지 않았다. 힘든 기억을 잊기 위해서라도 학업에 매진했고, 주말마다 교회당을 나의 일터로 생각했다. 난 어린 나이이지만 아무리 바빠도 어린아이와 장애아를 돌보는 일엔 게을리하지 않았다.

그 후 성직이 나의 엄마의 길일뿐이라는 걸 깨닫게 되는 데는 무려 10여 년이란 세월이 필요했다.

그 날이 오늘이었던 거다. 지금 그걸 후회한들 무슨 소용이 있으랴. 실존주의 사상가 하이데거나 샤르트르가 말했던 것처럼 지금이 중요했다. 그들이 말한 대로 지금은 죽음으로 치닫는 순간이지 않겠냐.

이렇게 돌연히 어두워진 밤거리와 흡사한 길에 나 홀로 서 있다는 느낌이 들기 시작했다. 자신을 위협한 착란과 죽음 앞에서 쓴 게오르그 트라클의 시가 내 머리에 맴돌았다. 이 시도 엄마가 억지로 보라고 던져준 책 속에서 인용된 거였다.

잠과 죽음, 그 음울한 부엉이가
밤을 지새우며 머리 위를 날아오른다
찬란한 인간의 차가운 모상(模像)을
영원의 차가운 파도가 삼키려는가
무서운 암초에
진홍빛 몸이 부서진다.
바다를 뒤덮는
깊은 슬픔의 목소리.
날카로운 우수에 잠긴 누이여,
보라, 저 별들이 흩어진 하늘,
소리 없는 밤의 얼굴 아래 잠기는
번민의 조각배를……

게오르그 트라클(Georg Trakl)의 「탄식(Klage)」

이 시가 머리에서 조금씩 기억났다가 사라져 가면서 뭔가 달라진 느낌이 들었다. 조금 전까지만 해도 요란한 굉음을 내던 피자 배달 오토바이 엔진 소리도 들리지 않았다.

뒤를 돌아봐도 울고 불며 엄마한테 매달려 장난감 사달라고 조를법한 꼬마 아이 하나 없었다. 방금 전만 해도 신학교 입학 허가서를 들고 기숙사 방 배정을 받으려는 엄숙한 이들의 발걸음도 더 이상 들려오지 않았다.

18

그때 돌연 내 앞이 캄캄해졌다. 아무 소리도 들리지 않았다. 멀리 보이는 상가 건물의 불도 꺼졌다. 정전인가 싶었다. 적막했다. 대부분의 것들이 운동을 멈추고, 단지 저 멀리 작은 등불이 나를 향해 빠른 걸음으로 다가오는 것만 같았다. 공장 굴뚝 연기 탓에 잘 보이지 않던 별빛이 한낮인데도 등불에 한꺼번에 쏟아져 내려 눈부셨다. 신기하다기보다 당황스러웠다. 자세히 보려 허둥지둥 양쪽 두 눈을 비벼댔다.

갑작스러우면서도 조금씩 나에게 그 희미한 등불이 다가왔다. 어디선가 작은 등불이 나를 향해 비춰오는 것이다. 나도 모르게 양쪽 미간을 찌푸리며, 한쪽 손으로 흘러내리는 가방끈을 붙잡고, 오른팔로 두 눈을 모두 가리고 말았다.

작은 경적 음이 들려왔다. 그 소리는 길을 비켜 가라는 자전거의 경적이라고 판단됐다. 나의 두 눈을 가렸던 오른팔이 자연스럽게 내려가더니, 본능이 시키는 것처럼 내 눈이 급히 떠졌다.

그건 다름 아닌 미끈한 허리처럼 날렵해 보이는 두 발 산악자전거였다. 흠집 하나 없이 깨끗하고 비싸 보였다. 나는 괜스레 예민해진 나 자신이 부끄럽기도 하고 한심하다는 생각이 들었다. 그 자전거는 아무 예고 없이 와서 내 옆을 스쳐 지나갔다.

그런데 우연히 쳐다보게 된 자전거, 그걸 탄 그 사람, 내 또래의 20대쯤 돼 보이는 한 여인, 낯선 여인이었다. 낯설고 작은 빛처럼 다가온 이 여인, 그녀의 어깨 선 밑으로 생머리가 차분히 길게 늘어진 걸 보면, 회사원 같아 보이지는 않았다. 공부에 찌든 학생도 아니었고.

청순하게 내 머릿속에 그려졌다. 엷은 하늘빛이 나는 원피스에 핏기 없는 갸름한 얼굴의 영혼처럼. 그녀가 마른 체형에 애절해 보였고, 눈물도 자아내게 할 듯싶었다. 하지만 얼굴 윤곽만 보일 뿐, 긴 머리카락이 그녀 얼굴에 그림자 진 탓에 흐릿했다.

칵테일 바의 하늘빛 커튼이 그녀의 옷과 무의식적으로 겹쳐지기도 했다. 지금의 내 모습과 여러모로 흡사하다는 생각에 그녀에게 위안을 주고 싶었다. 짧은 순간이었지만, 친구가 될 수 있을 것만 같았다. 그러고는 그녀는 내 옆을 지나 가뭇없이 사라졌다.

가슴 한편이 허전해 왔다. 나도 모르게 그녀를 뒤따라가려 했다. 갈 곳도 없는데 말이야. 웃음이 많았던 그 시절엔, 아마 학창 시절쯤으로 연상된다. 그 시절 사라진 그녀 사주엔 자신이 공격적으로 사랑을 갈구하는 '도화살'은 없었을 듯싶었다. 이성들이 적극적으로 따를 법한 '홍염살'이 자리 잡아 돋보였을 것이다.

'아니야, 아니야. 난 악명 높은 흥청망청한 카사노바가 아니지. 조금 전만 해도 난 수도자가 되려 한……, 그리고 어젯밤 어렵사리 알게 된 이름 모를 그 바텐더 여자애 전화번호도 내 휴대폰에 저장되어 있지 않나.'

그런데…… 불빛 속에 자전거를 탄 그녀가 그토록 가련한 영혼처럼 보일 줄이야…….

제5장

운명과 비현실 사이

Mind Theraphy

19

내 바지 앞쪽 호주머니에서 난데없이 휴대전화의 벨이 울려댔다. 진동으로 해둔다는 걸 깜박 잊은 거였다.

내가 수도원 학교에 진학할 거라는 걸 전혀 예상치 못한 바텐더 여자애…? 그녀가 술값을 자기가 냈다고 전화에 대고 징징거리며 투덜거릴 거라는 생각이 스쳤다.

칵테일 바의 문을 박차고 나갔을 때 멀찌감치 들려왔던 "샤워하고 가라." 하는 그녀의 목소리. 그건…… 나에겐 지금 생각해 보면 술값을 내고 가라는 의미로 들려온다. 그녀는 아마 지금쯤 날 치사한 가난뱅이나 사기꾼으로 취급하고 있겠지.

'망할! 조만간 들리리라.'

그렇지 않으면…… 아마도, 기숙사 방 배정을 확인하려는 엄마 전화려니 했다. 어느새 내 얼굴 미간이 찡그려졌다. 바지 앞 호주머니에서 휴대전화를 칼처럼 얼른 빼 들었다. 혹시 전화라도 받지 않다가는 집에 가서 엄마의 잔소리를 이겨낼 재간이 없었기 때문이다.

하지만 걸려온 전화번호는 왠지 낯설었다. 휴대전화기의 번호도 아니고 집 전화번호도 더더욱 아닌 것 같았다. 더군다나 내 전화에 저장되지 않은 번호였다. '보이스 피싱'이라는 추측도 해봤다.

받을까 말까를 여러 번 고민하다가 결국 통화 버튼을 터치하고, "여보세요."라는 짤막한 대답을 하고 말았다. 궁금한 건 못 참는 나의 성미가, 가끔은 나 자신도 못마땅했지만. 그런데 아무 소리도 들리지 않았다. 적막했다. 그러다가 또다시 난 "여보세요."를 무작정 반복해댔다.

혹시……조금 전에 날 스쳐 지나간 자전거를 탄 여인이었으면 하는 내 바람이 어느새 마음에 녹아들어서였을까. 이 전화가 그녀이길 바랐다.

또 불가능한 것도 아닌 게, 내가 입학 원서를 접수할 때, 날 눈여겨봤던 수도원 학교의 교직원일 수도 있지 않은가. 이 학교 직원이라면 내 전화번호를 쉽사리 알았을지도. 그런데…… 예상치 못한…… 누나뻘 여자의 딱딱한 말들이 흘러나왔다.

"…… 전화가…… 연결되었나요?"

"네, 누구시죠?"

"아, 네……, 수험번호가 581번 채윤 학생이세요?"

그렇다. 신학교 말고도 엄마 몰래 입학 원서 마감 직전 가람대학 신문학과에 지원했었다. 30명 모집정원에 6백여 명이 지원했고, 내 수험

번호는 581번. 경쟁률이 너무 높아 기대조차 하지 않았다.

'그러면 그렇지. 자전거를 탄 여인이 내 전화번호를 알 리가 없지 않은가. 또 칵테일 바 술값이 몇 푼 된다고. 나중에 시간 날 때 가서 전해주면 그만인 거고.'

나는 그녀의 물음에, "네, 그런데요."라는 짤막한 답변을 하고 그녀의 대답을 기다렸다.

"합격하셨어요. 5일 이내에 등록하시면 됩니다."

이 말과 함께 여직원은 상세히 입학 등록방법을 설명해주고 나서, 별다른 말이 없자 서로 어색해하며 전화를 끊었다. 그러고는 평상시처럼 휴대전화기를 진동 모드로 전환해서 바지 앞 호주머니에 꾹 쑤셔 박았다.

'내가 가람대에 합격이라고? 보이스 피싱이 아니면, 설마 시기심 많은 친구들의 장난일 수도…….'

나는 지금의 상황이 도저히 믿기지 않았다. 의심이 또 다른 의심을 낳았다. 바지 앞 호주머니를 손가락으로 이리저리 찔러가며 다시 전화기를 빼 들었다. 이번엔 내 휴대폰에 등록한 가람 대학 대표번호에 내가 직접 전화를 걸어봤다. 그러고는 입학관리부서로 연결했다.

"저, 가람대학인가요?"

"저와 방금 통화하신 채윤 학생 아니세요? 궁금하신 게 또 있으세요?"

조금 전 그 여직원이었다. 나는 분명 합격한 것이다!

"아니에요. 제가 휴대폰 버튼을 잘못 눌렀어요. 죄송합니다."

“아, 네, 합격하신 걸 다시 한 번 축하드려요.”

그녀는 처리해야 할 일들이 많이 밀렸는지, 이 말만 남기고 ‘철컥’ 전화를 끊어버렸다. 아마 직장인들의 일상 삶이려니 생각했다. 아무리 소외된 이들을 위한 수도원 신학교라고 해도 합격증을 교부한 직원들은 예비 신학생들에게 냉랭하게 굴었다. 주교처럼 치장한 사제복을 입은 성직자가 지나가기라도 하면, 그들은 손발이 다 닳도록 비벼대기 일쑤지만. 신학교도 이런데 사립학교 명문인 가람대학은 얼마나 더 심할지 쉽게 예상됐다. 내가 내는 수업료로 직원들이 먹고살면서, 뭔가가 한참 잘못 되어 보였다.

그런데 먹구름은 언제 사라졌는지, 어느새 나에게 햇살이 쏟아지고 있었다. 내 앞에는 조금 전처럼 의미심장한 예비 신학생들이 입학합격증을 들고 저벅저벅 걸어오고 있었다.

심지어 신학교를 갔다가 되돌아오는 신학생들도 눈에 띄었다. 오토바이를 탄 피자 배달 아저씨가 속도감을 자랑하듯 요란한 굉음을 내며 바닥에 쓰러질 정도로 내 어깨를 툭 밀치고 가버렸다. 피자 주문이 꽤 밀렸나 보다.

나도 마냥 이러고 있을 때가 아니었다. 이젠 나는 공중을 나는 새처럼 자유롭게 될 수 있지 않은가. 나도 모르게 자전거를 탄 여인을 마음속으로 갈구하고 있었다.

죄의식도 사라지는 듯했다. 언뜻 내 친구가 될 수 있을 것만 같았다. 내 몸과 마음이 끌렸지만, 그녀는 앞뒤 어디를 봐도 스쳐 지나간 흔적조차 사라지고 없었다.

깔끔하게 벗어날 수 있다고 생각했던 엄마가 주입한 도덕성, 이것마저 날 계속 괴롭히고 있는 데다가 어젯밤 화장기 많은 얼굴의 칵테일 바의 그녀가 내 마음 구석구석을 자갈처럼 아프게 굴러다녔다.

'그래, 먼저 그녀에게 전화를 걸어서 가람대학에 붙었다고 전해주자. 술값도 주겠다는 말도 빠뜨려서는 안 되고……'

주저함 없이 전화를 걸었다. 전화벨이 한참 울려서야 전화가 걸렸다. 그녀는 가쁜 호흡으로 어렵게 내 전화를 받은 듯싶었다.

20

"…… 진지한 루돌프 오토? 조금 후에 다시 내가 전화하면 안 될까? 지금 좀 바빠서……"

"내가 철학자인 오토? 재밌네. 응, 알았어."

이렇게 말하고 전화를 끊으려 할 참이었다. 전화기에서 그녀의 목소리 대신에 한 사내의 목소리가 멀찌감치 새어 나왔다. 그녀는 미처 전화를 끊는 걸 잊은 모양이다. 고스란히 그들의 목소리가 전화선을 타고 흘러나왔다.

"걔 누구야? 얼떨떨하다는 그 녀석인가? 사랑하는 사람을 잃었다고 하니까 너에게 흠뻑 빠져버렸다며? 잠자리에서 살벌하게 뭔 놈의 면도날을 설명하며 울어버린 정신병자 같은 녀석이라고 했지? 브래지어 후크도 어디 있는지 모른다는……"

"오빠 너무 무식하다. 오빤 학교 다닐 때 윤리나 사회 시간에 뭐했어? 유명한 사상가인 오캄의 면도날도 들어본 적 없어?"

"오캄? 너도 그 녀석 닮아 가냐? 오캄을 알면 누가 돈을 줘? 아니면 장사가 잘 되게 해줘? 복잡하긴 대충 살라고 그랬지. 나한테 잘하면 이 오빠가 이 술집에 투자한다니까. 문이랑 고리도 고쳐주고……."

"그건 그래. 술값도 못 내는 가난한 샌님보단, 오빠 같은 부자가 멋있잖아. 근데, 티비 보니까 오빠 아버지가 요즘 많이 아프시던데……."

그 사내와 그녀는 날 비웃는 듯 코웃음을 치며, 그들의 몸이 서로 뒤엉켜 침대보를 구기는 소리가 들려왔다. 그러고는 자연스럽게 전화는 끊어졌다. 세상에 대한 배신감을 나의 아빠 다음으로 씁쓸히 맛보는 순간이었다. 겉과 속이 다른 '귀문관살'이 있는 이들이 이중적으로 살면서 남 등치며 배신하잖아.

노인, 군인, 처녀 등 억울하게 죽은 이들이 신생아의 머리로 들어가 빗장을 잠그고 기거한다는 '귀문관살'. 그러다 보니 노인이 청년 머리에 들어가 버리면 젊은 나이여도 만사가 귀찮아질 수 있다. 군인이 빗장을 잠그고 들어가면 군복, 총, 망원경 등을 모으는 수집광으로 살기도 한다. 심지어 어린아이 머리에 들어가면 주의력 결핍, 불안 장애로 매사 지각하는 경우가 다반사다.

이런 걸 숨기기 위해서라도 이중적으로 살 수밖에 없는 천운이다. 이를 탓하면 뭐하겠나.

'그래, 잊자. 잊어야지. 나도 자전거 탄 여인에게 순간 마음이 빼앗겼잖아. 속세에 찌든 사람들이란 다 그런 거라고.'

나 자신을 이렇게 위로해도 서글픔만큼은 한없이 밀려왔다. 인간존재의 불완전함이 못내 아픈 가슴을 후벼 파는 듯했다.

사주팔자 명리학에선 열 글자가 있어야 그나마 사람들의 불완전한 게 줄어드는데, 단지 '년, 월, 일, 시' 네 개 기둥의 천간 지지의 두 글자씩 여덟 글자밖에 되지 않아서 돈이 많아도 건강을 잃거나 주변 친구들이 별로 없다 하잖아. 모든 걸 가질 수 없는 게 우리들의 천운이려나.

하지만 무턱대고 이런 세상을 한탄하고 있을 때가 아니었다. 당장 풀어야 할 실타래가 여럿 있었다. 엄마에게 용기를 내서 가람대학에도 붙었다고 알리고, 신학교는 다니지 않을 거라고 말해야만 했다. 엄마의 불호령뿐 아니라 눈물이 그려졌다. 나의 마음은 흡족했지만, 모든 게 두렵고 길을 잃은 듯했다.

21

내 바지 호주머니에서 전화기가 또 꿈틀거렸다. 전화가 온 것이다. 조금 후에 다시 전화를 걸겠다는 약속을 지키려는 칵테일 바의 여자애려니 생각했다.

욱하는 나의 성질을 억누르고 아무 일 없는 듯 전화를 받을까도 잠시 생각해봤다. 그런데 내 자존심이 쉽게 허락되지 않았다. 욕해버리고 정리해야겠다는 결심이 섰다. 전화를 얼른 호주머니에서 빼 들었다.

그런데 그녀는…… 바의 여자애가 아닌 엄마였던 것이다. 전화번호를 확인치 않고 휴대전화 통화 버튼을 누르는 습관을 언젠가 고치리라. 긴장감이 고조됐다. 그 짧은 순간에도 '내가 어떻게 하면 좋을지.' 하는 여러 생각이 내 머릿속에 교차되고 있었다. 용기를 내거나 어물쩍 넘어갈 수밖에 없는 거였다.

"엄마?"

"그래, 네 기숙사 방이 605호실이라고 하던데……. 등록은 잘했어?"

예상했던 대로다. 나를 못 믿어 하는 엄마의 나지막한 음성이 들려왔다.

"엄마, 집에 가서 할 얘기가 있어."

"아니, 잘 등록했냐고?"

엄마의 목소리가 냉랭하게 바뀌었다.

"그러니까, 집에 가서……."

내 말이 떨어지기가 무섭게 엄마는 흐느껴 울기 시작했다. 이것도 예상했던 대로인 거지. 이젠 당황스럽지도 않다. 입학원서를 내러 가던 날도 확신 없어 하던 내 말에 엄마는 침울하기만 했었는데. 그럴 때마다 엄마는 하늘의 부름을 아직 못 받은 것 같다며, 내년에 다시 도전할 것을 권유한다. 마치 습관처럼. 이번에도 마찬가지였다.

"결국은……. 집에 와서 얘기해보자꾸나. 언젠가는 하늘이 부르실 거다."

"엄마……, 그런 게 아니고……."

"뭔데? 다치기라도 했어? 아니면…… 신학교 교직원이 또 무례하게 굴던?"

"그건 아니고. 내가 다른 대학에도 붙었거든……."

"다른 대학? 거긴 왜 넣었어! 혹시 가람대학 신문학과에 합격한 거야?"

"응, 경쟁률이 높아서 안 될 줄 알았는데……."

엄마가 내 대답을 들었는지 알 수 없을 정도로 침묵이 흘렀다.

"엄마, 내 말 들었어? 화난 거야?"

적막마저 감돌았다.

"…… 엄마가 '거기 나와 봤자.'라고 그랬지! 신문사에 들어가 네 영혼을 파는 거라고 했어, 안 했어? 거기서 정의를 부르짖으며 네 마음대로 글을 쓸 수 있다고 생각하는 건 아니겠지? 네 아빠도 잠시 신문기자로 일하다가 그렇게 망가졌던 거라고! 기자가 신문사 그만두면 뭐하겠어? 네가 사기꾼으로 넘쳐대는 사업을 할 수 있을 것 같아? 엄마는 허구한 날 술에 찌든 네 모습…… 보기 싫단 말이야!"

"미안해, 엄마. 그래도 나 거기에 가고 싶어. 아빠처럼은 안 할게. 수도원 신학교는 나에겐 너무 무거운 주제 같아. 부담스럽다고. 그리고……."

"그만해, 그만!"

엄마는 내 말을 끝까지 들으려 하지 않고 전화를 끊어버렸다. 예상했던 거지만 이 정도인지는 몰랐다. 내 마음은 착잡했다.

아빠가 기자 시절 공직자의 비리를 캐내는 기사를 썼다가 심한 고문을 당하고 신문사를 그만뒀다는데. 그 후 아빠는 고문 후유증으로 한때 집 밖을 나가는 걸 두려워한 적이 있었고.

그때 아빠는 나에게 감춰진 세상사를 말해주곤 했다. 아마 그 순간 아빠가 멋지게 느껴지면서 나는 신문기자의 꿈을 꿔왔는지도 모른다. 엄마한테도 기자가 되고 싶다고 말하면 엄마는 불현듯 아빠의 삶이 기억났는지 내 입에서 신문 얘기만 나오면 양쪽 귀를 막는 시늉을 하며 듣는 것조차 싫어했다. 그런 엄마의 말을 거역하는 것 같아 마음이 쓰리고 아파 왔다. 유일하게 남은 나의 가족인데. 그래도 마음은 한결 가벼워졌다. 마치 무거운 죄를 마음이 여리고 선량한 성직자에게 고백한 것처럼.

엄마는 날 더 이상 설득할 수 없었던 모양이다. 끝내는 가람대학에 입학하는 걸 허락하고 말았다. 하지만 가람대학에 다니면서 신문학뿐 아니라 신학과 철학도 전공하라는 강요가 뒤따랐다. 그리고 졸업하고 나서는 수도원 신학교에 입학할 것을 조건으로 내걸었다. 5년 만에 이렇게라도 신학교의 입학을 뒤로 미루게 된 것이다.

그렇지만 엄마의 집착증은 갈수록 심해지고 있었다. 치유하기 곤란한 하나의 정신병의 일종이라는 생각이 들었다. 엄마가 내건 가람대학 입학 조건을 들을 수밖엔. 이렇게 해서 나는 어렵사리 대학생활을 할 수 있었다. 마치 하루가 한두 시간처럼 빠르게 느껴질 때가 온 것이다.

제6장

아카데미즘, 저널리즘 그리고 신

Mind Theraphy

22

고풍스러운 유럽식 건물, 저명한 학자들, 자유로운 학교축제 등이 나를 매료시켰다. 신학교에 갔더라면…… 어두컴컴한 강의실 속에 짓눌린 내 모습을 생각하고 있으려니, 나도 모르게 치가 떨려왔다.

융통성 없는 학자이며 성직자인 신학교 교수들이 호통치며, 실용적이지 못한 고대 언어 아람어, 히브리어를 외우라고 닦달하는 모습들이 떠올랐다. 잠자는 시간, 일어나는 시간조차도 내 마음대로 할 수 없을 거라는 생각에 더욱더 몸서리가 쳐졌다. 생각만 해도 끔찍했다.

늦게 대학생활을 하게 되면서 삶이 불안한 탓일까. 아니면 엄마의 성화 탓일까. 수업 없는 시간이면 동아리 활동보다는 고시 공부하는 학생들처럼 대학 중앙도서관에 가방을 놓고 전공인 신문학과, 엄마의 염원인 신학 전공기초 공부에 매달렸다. 이렇게 두 달 공부했나 싶을 때였다. 중간학기시험은 좋은 결실을 맺었고, 장학생 명단에 오르게 됐다. 자신감이 넘쳐났다. 세상사는 게 쉬워 보였다. 나도 모르게 거만해졌다.

그러다가 자연스럽게 그녀가 어른거렸다. 다름 아닌, 우연 곁에 본 자전거 탄 핏기 없는 얼굴의 그녀가 생각난 것이다. 칵테일 바 여자애는 기억하기조차 싫었다. 믿을만한 구석도 찾지 못하겠고, 방 안에 흙 묻은 모종삽도 있는 게 왠지 수상하기까지 해서다. 술병이야, 거긴 술집이니까 그렇다 해도…….

'누군지도 모르는 그녀를 찾아볼까?'라는 생각까지 들었다. 하지만 방법은 있어 보이지 않았다. 내 옆으로 스쳐 지나갔을 뿐인데.

영어로 빼곡하게 쓰인 '휴먼 커뮤니케이션(human communication)' 책의 글자가 한 글자도 눈에 들어오지 않았다. 잠시 우두커니 생각해 보니까 오늘 저녁엔 국숫집 식당보조 아르바이트도 있었다. 가람대학에는 평생 일하지 않고 살아도 되는 재벌급 학생들도 많던데……. 태어난 조건이 비천한 내 삶이 갑작스럽게 애처롭고 불쌍해 보였다.

그래도 내 운명은 초년만 고생하면 된다잖아. 돈도 일정하게 노력한 것만큼 들어오는 재성운인 '정재'도 있고. 게다가 남들이 도저히 알 수 없는 지장간에 큰돈인 횡재수 '편재'가 숨어 있고.

이렇게 내가 나의 운명을 직접 점친다는 건, 스스로 의심이 싹터 오르기도……. 중이 제 머리를 못 깎는다잖아. 심경이 복잡해졌다. 가방 들고 일어나 도서관 문을 박차고 나가고 싶을 뿐이었다.

23

나는 가방을 싸 들고 일어나려 했다. 그런데 내 앞에 불쑥 조그만 쪽지가 슬그머니 떨어지는 게 아닌가. 그 쪽지는 가방에 넣으려 덮은 겉표지 휴먼 커뮤니케이션 영어 원서에 'human 휴먼' 글자를 가리며 구르다가 뎅그러니 놓였다.

내 바로 뒤에서 공부하고 있는 여학생이 떨어뜨린 쪽지 같아 보였다. 한 달 전부터 복잡한 오선지에 음표를 그리고 있는 걸 얼핏 본 적이 있었다. 아무 생각 없는, 부유한 음대생일 거라는 생각을 해왔다.

'이 쪽지는 뭐지?'

나는 신기한 듯 조심스레 쪽지를 접힌 순서를 되짚어 펼쳐봤다.

"저는 음대생이에요. 실례하지만, 잠시 도서관 문 앞 커피 자판기 앞쪽으로 나와 주실 수 있어요?"

또박또박 정중하게 쓴 쪽지 글이 내 가슴을 두근거리게 했다. 핏기 없는 얼굴의 자전거 탄 그녀가 잠시 잊혔다. 세상 사람들과 난 이렇게 일관되지 않게 살아왔다.

쪽지를 보려 고개를 숙이다가 들어 올려 본 도서관엔 바삐 서두르며 책장에 몰입한 학생들만이 있을 뿐이다. 오래 앉아 있기도 지겹기도 하고 힘들어 그 자리에서 일어나 보았다. 그녀의 쪽지 글대로 도서관 문을 열고 커피 자판기 앞으로 난 자연스레 걸어가고 있었다.

"여기예요, 여기."

그녀는 나에게 이리 오라는 손짓을 했다. 그러고는 가까이 다가온 나에게 자판기에서 커피를 뽑아 건네줬다.

"어떻게 제가 커피 좋아하는지 아셨죠?"

나는 수줍어하듯 용기 내어 물었다.

"그거야, 책 옆에 항상 커피 캔이 있더라고요."

"아, 고마워요. 그런데 왜 저를……."

"쪽지로 왜 여기까지 불렀냐는 말이죠?"

그녀는 나와 다르게 당차 보였다. 쑥스러움도 없어 보였다.

"네, 그런 말인 셈이죠. 혼자가 익숙해서 누가 이렇게 부르면……."

"내가 싫어요?"

그녀는 당찼다. 자신감이 넘쳤다. 이렇게 말하곤 그녀는 가볍게 웃어 던졌다. 나도 모르게 그녀에게 친근감이 생기는 듯했다. 그녀는 가만히 있는 나에게 어색함을 감추려는 듯 말을 이어갔다.

"나도 커피를 좋아하거든요. 가끔 공부하다 졸리면 이렇게 같이 커피 마시면……. 괜찮죠?"

그녀는 이렇게 말하자마자, 수업이 있어 가봐야 한다며 인사하는 둥 마는 둥 강의실로 서둘러 뛰어갔다.

다음날도 자판기 앞에서 커피를 마시며, 그녀가 '김 에스더'라는 기독교식의 이름을 알게 됐다. 휴대전화 번호를 교환했다. 그녀는 집 전화번호는 가르쳐주길 꺼려 하는 눈치였다. 결국 얻어냈지만 말이다.

학교 교정도 거닐기도 했고, 흐릿한 불빛의 카페에선 나란히 앉아 수줍어하는 손을 억지로 잡아보기도 했다. 하지만 어려워진 나의 가정 형편 때문에 아르바이트를 더 늘릴 수밖에 없게 되면서 자연스레 그녀와 만날 수 있는 시간들이 어긋나기 시작했다.

그녀는 내 처지를 이해 못 하는 듯했다. 그까짓 아르바이트로 돈 몇 푼 번다고 얼굴 한 번 보기 힘드냐는 식이다. 오랜 시간 휴대전화를 들고 싸우는 일이 빈번해졌다. 오해가 생기기 시작하면서 그녀는 내 전화를 꺼려 했다.

한동안 내 전화를 받지 않아 나도 모르게 답답한 나머지 국숫집 아르바이트 일손을 잠시 놓고 초저녁쯤 그녀 집에 직접 전화를 걸게 됐다. 전화선을 타고 낯선 누군가의 목소리가 들려왔다.

"여보세요?"

그녀의 어머니 목소리 같았다. 당황한 나머지 가만히 있을 수밖에 없었다. 내가 아무 대답이 없자 또다시 물어왔다.

"누구세요?"

난 진정하려 했다.

"저……, 대학 선배인데요, 혹시 에스더 있나요?"

사실 같은 학년이었지만, 내가 학교를 늦게 들어와서 두 살 정도 나이가 많아 자연스럽게 선배라는 말이 나왔다. 그녀도 재수해서 학교에 들어왔지만.

"선배요? 내 딸이 그런 말을 한 적이 없는데……."

그녀의 어머니였던 것이다. 기품이 있고 자상한 목소리를 지녔지만, 냉랭함은 감추지 못했다.

"네, 오래 알게 된 사이는 아니어서요. 죄송합니다. 에스더가 많이 아픈 건 아니죠?"

"아프지는 않아요."

직접 에스더에게 내 전화를 바꿔줄 생각은 없는 것 같았다.

"그럼, 됐습니다. 나중에 학교에서 볼 수 있겠죠. 안녕히 계세요."

전화를 끊자마자, 내 눈에 눈물이 핑 돌았다. 서로를 알아나가는 과정이었던 것뿐인데, 내가 문득 그녀와 가족에게 홀대를 받고 있다는 생각이 들어서다. 그 후로 그녀는 내 앞에 나타나지 않았고, 그녀에 대한 기억도 차츰 사라지고 있었다.

나에겐 친구로 다가온 여자들은 대부분 얼마 있지 않다가 사라져 가고 있었다. 심지어 아무 흔적도 남기지 않은 채.

24

어느덧 1학기 기말고사가 끝나고 여름방학이 왔다. 장학금도 받게 된다. 그럼에도 방학 땐 더 바쁘다. 일도 하고 공부하느라 정신이 없다. 그래도 시간은 어김없이 흘러가고 있었다.

또 학기가 시작될 무렵이었다. 음대생인 그녀는 내 앞에 나타날 생각을 하지 않았다. 사람 관계에선 궁금증을 유발해선 안 된다. 마음의 상처가 깊어져서다. 이게 철칙이라고 믿고 산다.

그녀에 대한 모든 걸 잊어야 내가 산다. 마음속에 구석구석 남은 그녀를 지우려 했다. 2학기 중간시험에서도 장학생 명단에 또다시 내 이름을 올렸다. 그때쯤이었다. 초췌한 모습에 잊혀간 음대생 에스더. 그녀가 도서관 커피 자판기 앞에서 날 기다리듯 멀거니 서 있는 게 보였다.

그냥 그녀 앞을 스쳐 지나가려 했다. 그녀가 그러는 날 본 듯했다. 그녀는 처음 커피 자판기 앞에서 대화했던 것처럼 마냥 쾌활해 보이지는 않았다.

어디서부터 우리가 어긋난 건지 나로서는 도저히 알 수가 없었다. 오로지 그녀만이 알 수 있을 듯싶었다. 그녀는 내 앞으로 다가와 말을 건넸다.

"엄마가 보자 하네요."

그녀의 말에 화부터 치밀어 오르는 나 자신을 숨길 수가 없었다.

"네 엄마가 왜 날? 그리고 잘 지냈는지, 안부부터 물어봐야 하는 거 아니야? 너는 아무 말도 없이 사라지면, 내가 어떻게 해야 하는 거지?"

나도 모르게 그녀 태도에 화가 나서인지 반말로 응대하고 있었다. 늘 만날 때마다 서로 존중의 표현으로 반말을 하지 않았던 거다. 그게 더 거리감을 느끼게 했는지도 모른다.

"화내지 말아요. 우리 집은 단순하지가 않아요. 언제 시간이 돼요?"

그녀는 나의 반말을 무색케 하듯, 예전처럼 날 존칭어로 응대했다. 그녀와의 거리감은 좀처럼 좁혀들기가 쉬워 보이지 않았다. 나는 자의 반 타의 반 전철을 타고 그녀의 안내를 받으며 그녀의 집으로 가게 됐다. 그녀 집은 서울 번화가에 있었다. 차가 그녀 옆으로 지나갈 땐 그녀를 보호해주듯 인도 안쪽으로 밀어주기도 했다.

그녀도 그런 게 그렇게 싫지 않은 모양이었다. 가끔 걸어가다가 손이 서로 스칠 때도 있었고, 그녀는 굳이 내 손을 피하려 하지는 않았다.

한참 길을 가는 도중에 번화가답지 않게 허름한 자전거 상점이 눈에 띄었다. 녹슨 자전거들이 즐비했다. 수도원 학교 근처에서 봤던 핏기 없는 그녀가 탄 자전거와 디자인이 유사한 것들을 인도에까지 내놓고 팔고 있었다.

핏기 없는 그녀도 이런 부유한 곳에서 살고 있다는 생각이 스쳐 지나갔다. 어딜 가든 그녀의 흔적이 날 사로잡고 있었다. 하지만 작은 등불 모양의 불빛 전구는 어디에도 없었다.

그녀가 따로 자전거에 설치한 건가? 에스더가 잠시 지나가다 멈춰 자전거 안장을 만져보며 넋 놓고 있는 날 보더니, 내 어깨를 툭 쳐줬다.

그러면서 난 현실로 되돌아온 듯했다. 그렇게 걸어서 그녀 집에 도착했다. 그녀 집은 으리으리한 궁전처럼 보였다. 음대생이라서 어느 정도는 예상했지만. 그녀가 보기엔 내가 한 달 동안 아르바이트해서 번 돈은 그녀에겐 하루 용돈에 불과했던 것이다.

현관 앞으로 가려면 여러 과정이 필요해 보였다. 가정부 아주머니가 날 '도련님'이라고 불러주며 마중을 했다. 정원을 가로질러 놓인 평평한 돌들이 내 앞에 놓여 있었다. 이것들을 밟으며 높은 층계를 올라 굳게 닫힌 현관문을 열어젖혀야 했다. 그 안쪽엔 또 다른 이중 문이 닫혀 있었다.

아주머니는 우두커니 서 있는 우리 둘이 벗어 놓은 신발들을 신발장에 넣고, 그 자리에 잠시 멈춰 서 있었다. 30초쯤 머뭇거리다 인터폰에 "오셨습니다."라는 간단한 말만 남기고 문을 열어 주고는 뒤로 물러섰다.

'뭐가 이리도 절차가 있고, 복잡한가. 이래야만 없는 권위가 생기는 걸까?'

나는 이렇게 해서 집 안의 긴 복도를 마주하게 되었다. 그때야 비로소 그녀의 어머니를 볼 수 있었다. 처음엔 그녀의 언니인 줄 깜짝 놀라고 말았다. 긴 생머리에 얼굴엔 주름 하나 없었으니까. 그녀의 어머니는 날 보자마자, 내 코가 오뚝한지 눈썹이 가지런한지를 탐색하듯 내 얼굴뿐 아니라 몸 위아래로 쭉 훑어봤다. 마치 날 비행기 탑승 전에 보안 검색하듯 말이다. 나 말고도 이 집엔 관상쟁이가 또 있나 싶었다.

그러고는 얼굴 인상 하나 바꾸지 않으며 날 거실로 안내했다. 거실 1층 천장이 확 뚫린 복층 건물이었던 것, 천장은 드높았고, 2층 유리 테라스로 햇빛이 서녘으로 기울어 쭉 빨려들면서 우리를 주황빛으로 물들이고 있었다. 아름다웠지만, 자연이 자본에 굴복한 듯했다.

거실 응접실은 이를 뒤로 한 채, 그녀의 어머니는 법조인 검사의 취조의 억양으로 날 심문하는 듯했다. 내 부모님의 직업을 물어보고는 별다른 말들은 없었다.

그녀의 어머니는 음대 교수이고, 내 엄마는 잡부였다. 아버지는 정부 고위관료였고, 내 아버지는 저 세상 사람이었다. 넘어 설 수 없는 장벽들이 많아 보였다. 마치 수도원 학교의 높은 벽들처럼 말이다. 그날 혼자 집으로 터벅터벅 걸어갈 때 신에게 저주도 퍼부었다.

'이렇게 인간을 만들어 놓곤 퍽도 좋으시겠어요. 장난 좀 그만 치시고 이젠 당신이 인간에게 회개를 하셔야 되지 않겠어요, 나리!'

그렇게 우리는 더 이상 가까이 가지 못하고 그날로 인연은 끝나고 말았다. 아니 그전에 끝났어야 했다. 며칠 지나 그녀 집으로 안부 편지도 보내봤다.

마음이 가난한 이들이 사람관계만큼은 깨뜨리고 싶지 않은 표현의 방식이었지만, 집의 검열이 있었는지 그녀는 더 이상 내 앞에 나타나지 않았다. 연락도 자연스레 끊겼다. 혼자라는 생각이 들었다. 어떤 누구도 날 위로해줄 수는 없었다.

그리 흔한 '아버지'라는 존재도 나에겐 없다. 엄마는 내가 성직의 길을 가는 것에 가끔 관심을 가질 뿐, 온통 생계를 위해 일하는 데에만 몰입한다. 왕래하는 친척도, 형제도 없다. 심지어 학창시절 경건과 수도자의 삶을 준비해온 터라 친구도 그리 많지 않고, 몸도 연약했다. 그 잘난 생각의 깊이만이 있는 것.

나는 친구를 원했지만, 그들은 내 주변의 것을 더 유심히 들여다봤다. 칵테일 바의 여자애한테도 내가 바란 건 그녀 자체였다.

그녀는 내가 고민했던 말들을 들어줬던 유일한 친구였는데, 여러모로 수상쩍은 그녀는 그렇지 않았나 보다. 음대생도 나에게 마음의 상처만 주고 떠나가 버렸다.

'그래. 엄마 말이 맞아. 대학에서 기자 수업을 받은 후 잠시 신문사에서 일하다가 신학교에 가야겠어. 내 삶은 그거였어. 세상에 더 가까이 갈수록 내 영혼이 심하게 다칠 것 같아.'

제7장

남들의 현실화 과정

Mind Theraphy

25

나는 전체 수석으로 가람대를 졸업했다. 졸업식 때 당연히 전교생 앞에서 총장상과 졸업장을 수여받았다. 그때 어느 여인의 울음이 환청처럼 들려왔다. 슬프게만 들려오지는 않아서 혹시 음대생이 날 보러 왔나 싶었다. 하지만 그게 전부다.

졸업하자마자 신문기자로 나의 길을 걷게 됐다. 20여 군데 입사 원서를 넣고 시험도 치러봤지만, 1차 필기는 종종 통과는 됐다. 하지만 면접에서 낙방의 고배를 마셨다. 심지어 내정자 소문도 있곤 했다.

'더러운 세상!'

말 그대로 소문이긴 했으나, 내가 떨어질 이유가 도저히 납득이 가지 않아 난 세상을 욕할 수밖에 없었다. 결국, 좀 더 들어가기 쉬워 보이는 소규모의 전문지 기자로 일하게 됐고, 경력을 쌓아 서울 신문로에 있는 종합 일간지로 옮겨갔다. 이리저리 취재도 해보고 기사를 써 봤지만, 내가 쓴 글이 그대로 활자가 되어 올라오지는 않았다. 편집데스크에 가서 따져봤지만, 소용없는 일이었다.

신입 기자가 아무것도 모르면서 설친다는 뒷말만 무성했다. 취재력이 부족한 데다가 기사가 사실로 확인된 게 아니라서 편집될 수밖에 없다는 게 그 이유다.

좀 더 잘해보려고 2003년 자살극으로 끝난 H 기업 사장의 죽음이 타살로 의심되어 취재를 하고 싶다고 했지만, 처참히 묵살되고 말았다.

이 밖에도 학교 봉사 시간의 허위기재가 만연해 있는 현실고발 기사화가 좌절되는 등 모든 게 내 마음대로 할 수 있는 게 아무것도 없었다. 새장에 갇힌 앵무새처럼 통신사 기사들을 재탕할 수밖에 없었다. 이럴 바에야 그만둬야 한다는 생각만 되뇌고 있는 시간이 많아지고 있었다.

"채 기자, 뭐 쓰고 있나? 이 기사 좀 써보게나."

편집장은 멍하니 가만히 있을 때면 이렇게 나를 불러 보도 자료를 던져주곤 했다. 편집장이 던져준 기사들은 대체로 신문사에 광고를 하는 기업체 사장 동정보도인 경우가 다반사다.

그럴 때마다 영혼 없는 긍정의 대답을 하곤 했다. 부정적인 뜻을 비추기만 해도 너의 학교 선배라며, 장시간 일대일 면담시간을 갖는다.

말이 면담 상담이지 한마디로 고문이 따로 없다. 편집장도 윗선 신문 경영주의 부탁이 있었을 게 분명하다. 그도 역시 나처럼 귀찮기도 하고 자기 모멸감에 더 이상 이를 따지기도 싫었을 게다.

오늘도 편집장은 나를 어김없이 불러댔다. 홍보기사가 분명했다.

"이번엔 최성희 대표에 관한 기사야. 김 기자의 글재주를 믿어보겠네. 잘 되면, 내가 한턱 쏘지."

'최성희……. 아, 올해 국제 여성경제인으로 뽑히고 서민의 아이콘. 그 여성 기업인, 다원상사 대표. 그녀도 나와 대학 동문인데, 한참 선배이다.'

최성희 씨는 나에게도 인생의 역할 모델 같은 인물이었다. 그녀가 좀 더 궁금해졌다. 데이터 뱅크국에 가서 다원상사 신문광고와 그녀에 관한 기사를 검색했다. 그런데 그녀는 유명세를 타기 전부터 신문사에 협찬을 해왔던 것이다. 언론이 그녀를 이미지 좋은 인물로 조작했던 거였다!

"채 기자! 기사는 안 쓰고 어딜 갔다 오는 거야. 바쁜 데, 최성희 씨 기사 빨리 올려야 한다고!"

이마의 주름 진 얼굴을 하며, 편집장의 재촉이 이어졌다.

"저, 편집장님……."

"왜? 채 기자도 이 기사 쓰기 싫어? 요즘 경력 기자도 그렇고 신입 기자들도 그렇고 왜들 그래! 누가 우리한테 밥을 주는 줄 아나? 이 여자, 최 대표라고! 채 기자가 이걸 알긴 알아?"

"저, 편집장님, 제가 쓰긴 쓸 건데요, 최성희 대표는 우리 신문사에 협찬을 왜 하는 겁니까? 유명하신 분이고……."

"채 기자 뭔 말이야? 질문 좀 똑바로 해봐. 채 기자 말은 연예인처럼 유명하고 성직자처럼 이미지도 좋은 최 대표가 뭐가 아쉬워서 우리 신문사에 협찬을 하냐는 말인가?"

"네, 편집장님, 그런 질문인 셈인 거죠."

"채 기자, 대학에서 뭘 배웠나? 사실 그렇지. 대학에서 배우는 게 뭐가 있겠어? 맨 날 쓸데도 없는 신문의 매체 효과이론만 들먹거린단 말이야. 대중매체 이론가들만 외웠겠지, 그렇지 않나?"

"최 대표는 정말 서민의 아이콘인가요?"

"이런 말은 하지 않으려고 했는데. 김 기자는 원래 꿈이 뭐였나? 가끔 하는 행동이나 말하는 거 보면, 어수룩한 건지, 순수한 건지."

"저, 원래 꿈은⋯⋯ 수도자였습니다."

"수도자? 그런데 여기는 왜 왔어? 여긴 더러운 영혼들이 모인 곳이라고. 알고는 있어?"

편집장은 이렇게 말하곤 실없이 웃고만 말았다. 하지만 나는 최 대표의 실상이 더 궁금해지기 시작했다.

잊혀 가는 수도자의 길은 내가 가고 싶은 길이었을까? 그건 아마 엄마의 주입이었을 것이다. 하지만 엄마나 편집장이나 현실에선 순수한 영혼은 발견하기 어렵다고 한목소리를 낸다. 정의롭지도 않다 하고, 악령으로 득실거리고, 정의로운 척하는 사람들이 넘쳐난다는데.

그래도 이곳에서 난 살아가야 한다. 자살의 정당성을 말하는 스토아학파의 입장을 되뇔 수만은 없는 것이니까. 난 끊임없이 세상에 현실에 질문을 해야겠지. 지금은 내 앞에 있는 편집장에게. 이유는⋯⋯ 살아가야 하니까.

닫혀 있던 내 입이 조금씩 열리고 있었다.

"그러면, 편집장님은 최 대표가 서민의 아이콘이 아니라는 말이신가요?"

"서민의 아이콘? 당신 정말 수도자가 맞나 보네. 그런 게 어디 있나? 밖에 나가면 모든 게 경쟁이고, 다들 살기 바쁜 데 그런 게 어디 있냐고! 최 대표를 서민의 아이콘으로 만든 건 바로 나라고, 나!"

"…… 편집장님이 만드셨다고요?"

"최 대표가 가방 좀 팔리게 해달라고 신문사에 찾아왔었어. 그래서 신문사에 협찬하는 조건으로 그녀의 기사를 낸 거야. 서민을 위하는 경제인으로 말이야. 요즘은 가방도 잘 팔리고 인기도 높으니까. 정치도 하겠다고 난리를 핀다니까. 능력도 없으면서……. 돈 많은 게 일 등급의 정치 성적표인 줄 아나……."

"최 대표가 정말 가방 잘 팔리게 해달라고 직접 부탁했다는 건가요?"

"채 기자는 정말 바보군. 누가 직접 말하겠나? 내가 대화를 하지 말아야지. 딱 보면 몰라? 정황이 답인 거야. 너 기자 맞아?"

나는 그의 말을 듣고 더 이상 할 말을 잃었다.

"채 기자, 이런 얘기는 학교 수업에서나 하는 거잖아. 점심 전까지 데스크에 기사 올려놓을 수 있겠지?"

그는 내가 몹시 답답했는지 책상 서랍에서 담배 한 개비를 꺼내 물었다. 나는 알겠다는 고개 인사만 하고 자리에 앉아 의자를 책상에 바싹 밀어 당기고는 컴퓨터 모니터로 눈을 돌렸다.

'모든 게 진실이 아닌 건가?'

자유를 원해 신문사로 들어온 거였는데. 하지만 자유는 더 억압됐고,

진실은 왜곡되고 있었다. 내 앞이 캄캄하고 어두워만 갔다. 서로의 품을 그리워하듯 숱한 밤길을 헤매며 몸 파는 여자들을 찾아 내 몸과 영혼을 맡기고 싶은 충동이 일었다. 일종의 도피였다. 어긋난 회피였는지는 아무도 모를 것이다.

그럴 때마다 엄마와의 약속이었던 수도원 학교 가는 걸 뒤로 계속 미룰 수밖에 없었다. 나는 신문대학원 공부를 마치고 우연 결에 대학에서 강의를 하게 됐다.

하지만 대학에서도 자유롭지만은 않았다. 수강 인원이 늘어나고 유명해질수록 익명의 누군가가 강의실 주변을 돌며 날 감시한다는 느낌이 들었다. 타인을 감시한다는 건 남의 일기장을 몰래 보려 하는 것과 무엇이 다른 건지.

'이들은 누굴까?'

'어디에도 자유는 없는 걸까?'

4학년 학부생을 강의한 첫날과 둘째 날에는, 여러 생각에 잠기며 전철 타고 올라오다 전철 종착역까지 간 적도 있었다. 이젠 엄마 말대로 모든 걸 정리하고 수도원 학교로 가야 하겠다는 생각이 엄습했다.

그 순간, 낯익은 번호로 전화가 걸려왔다. 항상 갈등이 몸과 머릿속에서 번져 나갈 때마다 전화가 걸려오는 듯싶었다. 잘못 걸려온 전화 같지는 않았다. 그렇다고 광고 전화도 아닌 듯했고, 무심코 전화기를 들어 올렸다.

26

"여보세……."

"오빠 나야, 나."

여린 여자 목소리였다.

"누구시라고요?"

"칵테일. 기억 안 나?"

이게 몇 년 만인가. 7년만인가? 내 머릿속에서 지워진 지 오랜 그녀였다. 전화번호도 지워버렸었는데…….

"오빠 출세했더라. 유명 신문의 기자던데. 자장면 먹다가 우연히 신문 봤어. 칼럼 제목이 '오캄의 면도날과 공직자'. 이게 뭘까 싶었거든. 옛날 오빠 생각이 나더라고. 그래서 혹시나 해서 유심히 칼럼에 올라온 얼굴 사진을 봤는데 오빠더라고. 어찌나 반가운지. 근데 칼럼은 기자 중에 높은 사람들이 쓰는 거 아니야? 오빠 너무 멋지다. 심심하면 한번 들려, 알았지? 잘해줄게."

"내가 왜 네 오빠니? 너 나랑 나이가 동갑 아니었어?"

"사실 나 오빠보다 한 살 어려. 그땐 친해지고 싶어서……. 미안해, 오빠."

나도 그녀가 반갑기도 했지만, 한편으론 두렵기도 했다. 그녀의 말들이 모두 진실 같아 보이지 않아서다. 그래도 내가 누군가에게 인정받고 있다는 게 내심 기분은 좋았다. 나의 이중성이라고나 할까. 그리고 혼자에 너무 익숙한 터였고. 밤늦게 그녀가 있는 칵테일 바를 찾아갔다.

이날은 그녀보다는 칵테일이 더 그리워서겠지. 이뿐일까. 기사 마감 스트레스도 있기도 하고. 술이 그리워졌다.

가까스로 기사를 송고하고 그 허름한 칵테일 바를 향했다. 막상 이리저리 헤매다 찾은 그 바는 예전과 다르게 '로즌 칵테일 하우스'라는 간판이 걸려있었다. 매상이 올랐나? 아니면, 그녀에게 마음을 뺏긴 부잣집 아드님들이 도와줬을지도.

그런데 그곳이 정전이었는지 모든 게 어두웠다. 예전과 달라진 게 또 있었다. 교향곡 소리도, 모종삽으로 흙 파는 것 같은 소리도 나지 않았다. 고요하며 적막했다. 부서진 바의 손잡이는 말끔히 고쳐져 있었다.

어렵게 칵테일 바의 문을 열었다. 온 사방이 어두워 어디가 어딘지 분간이 되지 않았다. 저 멀리서 등불 같은 걸 들고 나에게 서서히 누군가가 다가왔다.

자전거를 탄 그녀가 또 다시 오랜 기억 속에서 되살아나는 듯했다. 항상 잊힐 때쯤 되면 불현듯 기억나게 만든다. 나는 그럴 때마다 환희에 앞서 두려움에 휩싸였다. 뒤로 움찔 물러섰다. 나도 모르게 소리치고 있었다.

"당신 누구야? 누구냐고!"

"오빠 나야. 나."

그러고는 그녀는 작은 등불을 자신의 얼굴에 가까이 가져가며 말했다. 그녀는 나를 탓했다.

"오늘은 이 지역이 정전이라서 영업을 안 하는 날이야. 전화 좀 하고 오지 그랬어. 배려라는 게 없어, 이 오빠는."

나는 그제야 마음이 진정됐다. 그런데 정전이 되면 촛불을 켜는 경우가 많은데 특이하게 등불이라서 그 이유를 묻지 않을 수가 없었다.

"그 작은 등불……."

"이 등불……? 아주 오래전에 아빠가 고장 난 자전거 라이트를 뺀 거야. 아빠가 고물상 주인이시거든. 예전에 내가 말하지 않았나? 기억해봐. 오빠는 자기 친아빠에 대해선 나한테 말해준 것도 없지?"

나도 그녀에겐 비밀스럽고 진실하지 못한 그런 술꾼에 불과했나 보다. 하지만 이 순간만큼은 그런 건 나의 안중엔 없었다.

"그게 자전거 라이트? 등불 모양의 라이트도 있어?"

"진짜 공부만 했나 보네. 이거 아주 오래된 거야. 20여 년 전 정도 됐나? 삼한자전거 회사에서 만들었다가 아이엠에프 때 망해서……. 아마 그 후론 더 이상 생산을 안 했을걸. 등불 대신 더 세련된 라이트를 단 자전거를 출시했을 거야."

"그러면 작은 등불을 라이트로 쓰는 자전거는 요즘 없는 거야?"

"오빠 정말 답답하네. 당연하지. 요즘 1970년대 유행했던 포니 자동차 타고 다니는 사람 있어? 조선 시대도 아니고, 누가 자전거에 등불 달린 걸 타고 다니고 싶겠어? 쓸데없는 얘기 그만하고 술 좀 마시고 가지."

나는 수도원 학교 입학을 포기하던 그 날, 자전거를 탄 핏기 없는 얼굴의 그녀 생각에 이 여자애의 말들이 머릿속에 잘 들어오지 않았다. 그녀의 정체가 궁금해지기 시작했다.

그녀에 관한 관심인지 호기심인지, 혹은 집착인지 아직은 나 자신도 알기 어려웠다. 어딜 가든 그녀와 연관된 것이 알게 모르게 항상 내 앞에 펼쳐지고 있었던 건 분명했다.

"미안한데, 다음에 올게. 내일 아침까지 기사 보낼 게 있어서……."

"오늘은 칙칙한 '마가리타' 말고, 달콤한 '키스 오프 파이어'를 대접하려 했는데. 오빠가 날 처음 만났을 땐 나에게 입맞춤은 안 해준 것 같아……."

"다음에 마실게. 정말 바쁘거든."

"좀 서운하네. 알았어. 다음엔 꼭 술 좀 사. 오늘은 좀 어둡긴 하다."

그녀는 뒤에서 내 허리를 부드럽게 감싸 안았다. 하지만 오랜 시간만큼 그녀에게서 내 마음은 멀어져 있었다. 그 와중에 흘낏 쳐다본 그녀 은신처엔 예전처럼 모종삽이 바닥 구석에 가지런히 놓여있었다.

그런데 흙먼지 하나 묻어있지 않았고, 깨끗했다. 잠시 이런 저런 생각에 빠진 내 모습을 정돈이라도 하듯 머리를 이리저리 흔들었다.

"근데 예전부터 궁금한 게 있었는데……."

"뭐야, 사랑도 안 해주고, 눈물 날 뻔했잖아. 기자 아저씨, 뭐가 그렇게 궁금해?"

나는 그녀가 진지하지 않게 사랑을 구걸하는 연기를 한다는 생각만 들었다. 연극배우도 꿈꿔왔다고 했던 것 같아.

"다른 게 아니라, 저쪽에 있는 모종삽……."

"모종삽? 아, 저……거?"

그녀의 목소리가 흔들렸지만, 애써 웃어버렸다. 그리고는 말을 이었다.

"꽃 심을 때 쓰지."

"거짓말! 나 다 알고 왔는데."

전문지 수습기자 시절 강력계 형사한테 들은 말투가 나도 모르게 나왔다. 그녀는 몹시 당황스러워했다.

"오빠, 누가 일렀어?"

그녀의 비밀이 새어 나오려는 찰나였다. '혹시 모차르트의 교향곡을 틀어놓고 모종삽으로 시신을 소리 없이 땅속에 묻은 건가?'라는 생각까지 들고 말았다. 그녀를 괴롭히는 남자들을 죽인 후, 땅에 묻는 거. 하지만 큰 삽도 아니고 모종삽이라는 게 걸리긴 했다. 오늘은 조금씩만 접근해 가보자.

"신문사로 누가 제보했거든. 제보자는 언론 윤리상 말해줄 수 없다는 건 알지?"

그녀는 내 말을 듣고는 울먹이기 시작했다.

"왜 죽였는데?"

오늘은 조금씩만 접근해 가자고 다짐했건만, 나도 모르게 성급하게 내뱉고 말았다.

"뭐라고? 이거 엉터리 기자에 생거짓말까지."

그러고는 그녀는 내 가슴 한쪽을 한 손으로 팍 치며, 피식 웃어버렸다.

"아니구나? 너무 궁금해서 그런 거야. 널 의심했다면 미안해."

그녀는 잠시 눈을 지그시 감더니 떴다. 내 사과를 받아들이려 하는 건지는 알 수 없었고, 작정하고 싶은 뭔가가 있다는 건 느껴졌다.

"오빠가 나 처음 만났을 때, 모종삽에 흙이 묻어 있었나 보네?"

"응, 맞아. 바의 문을 열기 전에는 교향곡과 함께 흙 파는 소리도 들린 것 같고. 모종삽으로 흙 파는 소리는 맞는 거니?"

"음, 맞아. 오빠가 어수룩하다고 생각했는데, 예리한 구석이 있다니."

"날 너무 무시한다."

"아니, 아니야. 오빠만큼 똑똑하고 진지한 사람은 어디에도 없다는 걸 나는 알아. 모종삽의 비밀을 가르쳐 줄까?"

"네가 그렇게 말하니까, 너무 궁금하다."

"그런데 조건은 있어."

"조건? 설마 돈 달라는 거? 나 돈 없는 가난뱅이라는 거 알잖아. 그 날 술값도 못 내고. 술값만큼은 낼게."

"돈은 필요 없고……. 그러면 나중에 내 부탁 하나만 들어 주면 돼."

"돈이 아니면, 내가 능력 닿는 한 뭐든지 들어줄 수 있지."

그녀는 내 말을 흔쾌히 받아들이는 듯했다.

"오빠, 나를 따라와 봐."

제8장

바텐더의 숨어 있는 것들

Mind Theraphy

27

그녀는 바 구석에 있는 모종삽과 손전등을 들더니, 나를 바의 뒷마당으로 안내했다. 손전등의 불빛으로 비춰진 뒷마당은 제법 넓어 보였다. 20~30평쯤 돼 보였다.

"너 부자구나? 바의 규모가 무려 50평쯤 되는 것 같아."

그녀는 내 말을 들었는지 못 들었는지 아무 대꾸도 하지 않았다. 그녀에게서 한 번도 느껴 보지 못했던 적지 않은 위엄도 느껴졌다. 마치 내가 어린아이이고 그녀 자신이 어른인 양 말이다. 그런데 자세히 들려다 본 마당엔 파릇파릇한 축구장 잔디처럼 녹색 노끈이 잔뜩 박혀있었다. 멀리서 보면, 듬성듬성 나 있는 잔디처럼 보일 수도 있겠다 싶었다.

그녀는 한 치 주저함도 없이 마당 중간 지점에 천천히 걸어가 뭔가를 찾는 듯했다. 그녀는 잠시 멈칫하더니 그 자리에 앉았다. 주저 없이 쥐가 파먹은 듯해 보일 정도로 닳은 노끈을 온 힘껏 잡아당기는 게 아닌가. 그 끈을 따라 땅속에서 불쑥 비집고 나온 건…….

"이게 뭐지?"

"잘 보세요, 오빠."

갈색의 주둥이가 볼록한 뭔가가 보이기 시작했다.

"술병 같은데? 그 술병이다. 모종삽 옆에 있던 술병! 두 개인가 세 개가 있었지, 아마."

"오빠, 대단하다, 관찰력이. 세 개였을 거야. 내 기억으론 내가 그날 세 개를 준비했었거든…… 요."

다름 아닌 조그마한 술병이었다. 혹시 오래 묵은 녹용이 들어 있는 영양식 술인가 싶었다. 그런데 놀라운 것은 그 술병 안에는 뱀이나 인삼이 아닌 기자들이 업무상 비밀리에 취재원의 말을 녹음해서 보관하는 아주 작은 초소형 카세트테이프, 그게 있었다. 게다가 거기에 깨알 같은 글씨도 쓰여 있었다!

그 병 속에 굴절되어 보인 카세트테이프엔 이렇게 씌어 있었다.

"멋진 나의 면도날 오빠."

나는 웃옷 안쪽 주머니에서 소형 녹음기를 꺼내 그 카세트테이프를 병에서 꺼내서 재생시켰다. 그 테이프에는 그녀와 잠자리를 가지며 대화했던 내용이 고스란히 모두 담겨있는 게 아닌가.

"야, 너! 이런 짓을 왜 했어? 이건 사생활 침해라고. 불법이란 말이야!"

"오빠, 미안. 그러려고 그런 건 아니야. 처음엔 나를 지키려 했던 거야. 혼자 바를 운영하면서 무서운 남자들의 폭력이 두려워서……. 만약을 대비해 그들의 말을 녹음하고 보관하게 되었던 거야. 사과할게."

나도 그녀가 그렇게 말하니, 딱히 뭐라고 할 말들이 없었다. 지금까지 그녀가 겪었던 고통의 세월이 느껴져서다. 그녀를 위로해줘야겠다는 생각이 앞섰다.

"오빠 것은 내가 폐기 처분할게. 디지털 녹음도 아니라서 테이프만 버리면 되는 거니까. 그날 세 개의 술병은 내가 무리하게 세 명의 고객을 예약받았기 때문인 거고. 신기하게도 그날 한 명의 고객이 예약을 취소해 시간이 좀 남았었지. 그래서 시간도 있겠다, 이틀 전 고객을 녹음했던 걸 술병에 담아 이 마당에 흙을 파묻어 둔 거야. 좀 지나 오빠가 오더라고."

술병과 테이프는 바텐더의 일기장이었던 거다. 이 여자만의 세상을 사는 생존법. 나의 엄마는 잡부로서 일찍 일어나는 생존법이 있었던 거다.

그녀는 말을 이어갔다.

"근데……오빠에게 말해줄 게 너무 많다."

"…… 그게 뭔데?"

"먼저 재밌는 일부터 말해주고 싶네."

그녀는 밝은 얼굴로 나에게 말을 건넸다. 그러고는 뒷마당에서 이리저리 또 뭔가를 찾더니 이번에도 노끈 하나를 쑥 뽑아 들어올렸다. 그것도 술병이었다. 그 안엔 어김없이 카세트테이프가 하나 들어 있었다.

그녀는 그 술병에 손을 넣더니 테이프를 빼 들어 나에게 재생시켜보라고 건네줬다.

테이프엔 두 남녀의 문답식 대화 목소리가 담겨있었다. 남자는 여자 옷 속을 꿰뚫어 보는 '나이 많은 마법사' 아저씨였다.

"아저씨, 정말 옷을 입었는데도 내 몸을 볼 수 있어?"

"응, 나는 마법사거든."

"그 거짓말을 누가 믿으라고? 말도 안 돼."

"그러면 내가 옷으로 가려진 너의 몸 부위의 생김새를 맞추면, 어떻게 할래?"

"음, 맞추면 까짓거 그 부위의 옷을 벗어 던질게. 아저씨 앞에서."

"후회 않기다?"

"좋아, 하지만 아저씨가 맞추지 못하면 거짓말쟁이로 간주하고 술값 열 배를 내야 하는 건 잊지 마세요."

"그런 걱정은 하지 말고. 여기 지갑에 돈 보이지?"

테이프에서 정황상 지갑에 백여 만 원은 돼 보이는 5만 원 지폐들을 그녀 앞에 보여주는 듯했다.

"오, 좋았어. 아저씨 화끈한데. 그러면 먼저 내 오른팔에 뭐가 있지?"

그는 머뭇거리지도 않았다.

"아주 작은 사마귀 3개가 있네."

"와우, 대단한데. 아저씨 정말 마법사야?"

자칭 마법사인 그는, 자신감이 넘쳐났다.

"웃옷을 벗기나 하셔."

“알았어. 내 오른쪽 발 등은 어떤데?”

바텐더인 그녀가 질문을 하면서 웃옷을 벗는 소리가 테이프에 고스란히 흘러나왔다.

“발등은 아주 깨끗한데, 너 엄지발가락에 발톱이 파고 들어가는 병이 있구나…….”

“정말, 아저씨 마법사잖아! 나, 내성 발톱으로 늘 고생한다고!”

감탄사가 흘러나왔다.

“나도 어렸을 땐 잘 몰랐는데, 나이가 먹을수록 이런 능력이 생기더라고. 양말도 벗을 거지?”

“알았어. 그러면 하나만 더 해보자. 배 위엔 뭐가 있어?

“아까부터 계속 보였는데, 좀 심상치가 않아. 종기인데. 너 병원에 가봤으면 해…….”

그러고는 테이프 녹음이 끊겼다.

난 이 녹음테이프를 다 듣고 나서 말도 안 되는 이 내용에 어안이 벙벙했다.

“내가 네 말을 믿으라고? 너, 이 사기꾼 아저씨랑 말도 안 되는 장난친 거 아니야?”

“오빠가 그렇게 말할 줄 알았어. 그러고 나서 곧장 그 아저씨 차 타고 대학병원에 갔어. 알고 보니, 악성이어서 절제 수술했고…….”

그러고는 그녀는 웃옷을 위로 올려 배의 수술 흉터 자국을 보여줬다.

“믿기 어려워. 널 의심하는 게 아니잖아. 그 아저씨가 옷 속을 보는 마법사라니. 황당하잖아. 그 아저씨는 지금 어디서 뭐하는데?”

"그 아저씨는 죽었어. 나를 이 바에 데려다 주고 돌아가다가……."

"그걸 나보고 믿으라는 말이야? 입장을 바꿔서 생각해 보라고. 너 같으면 믿겠어? 진단받자마자 절제수술? 그리고 하루 만에 퇴원? 말이 돼?"

"그러면 이 이야기는 우스갯소리로 듣든지 말든지 그건 오빠 자유야. 또 말해줄 게 있어."

잠시 침묵이 흘렀다. 그녀는 곰곰이 뭔가를 생각하고는 말을 이어갔다.

"예전에 스타그룹 회장 딸이 죽은 거 알지?"

"7, 8년 전이었던가? 오래된 듯싶어."

"응, 그 사건. 오빠를 만나기 전이겠지? 나도 헷갈리네."

"그 사건은 자살로 매듭지었어. 뚜렷한 타살 증거가 없었거든. 학교에서 법이론 아무리 떠들어 봐야, 재판에선 증거가 제일 중요하거든. 너무 오래된 일이다."

"바로 그 사건. 그건 자살이 아니야. 청부 살해이고, 타살이야."

"뭐라고? 네가 그걸 어찌……."

"그 딸이 죽었다고 한 날, 술 취한 한 남자가 바의 문을 요란하게 두들겨서 열어줬는데. 그 남자가 알고 보니 그 딸을 죽인 청부살인 업자였던 거야. 그자가 침대에 누워 나에게 자신의 죄를 고백했어. 그리고 그의 목소리는 다 녹음되어 뒷마당에 타임캡슐로 남아있고. 그 사건 말고도 진실을 담고 있는 많은 내용들이 이 마당에 다 있단 말이야."

"정말? 섬뜩하네. 그래도 그 녹취로는 증거자료로 불충분해. 청부업자가 술주정한 거라고 말 바꾸면 그만이잖아.”

“이 정도로 내가 말해줬으면, 기자인 오빠가 이거로 취재하면 어느 정도는 밝혀지지 않아?”

“이봐요, 아가씨. 세상이 그렇게 호락호락한 줄 아세요? 대기업 회장 딸의 죽음을 취재한다는 건 침범하기 어려운 성역이라서 데스크에서 그런 루머성 기사는 올려주지도 않아요, 아가씨.”

“그게 뭔 기자라고. 기자는 진실을 밝혀 억울한 사람들의 원을 풀어줘야 하는 거 아니야?”

그녀는 내 말에 적지 않은 실망감을 드러내고 말았다. 나도 어느새 편집장을 닮아가고 있었다. 그래서는 안 되는 나의 죽어가는 신념과 양심이, 그녀 말에 조금씩 고개를 들고 있었다. 그렇지만 난 아직 그걸 지켜내기엔 역부족이어서, 화제를 바꾸기 급급했다.

28

“그러면, 좀 더 확실한 다른 일화는 없어? 타살 자살 이런 거 말고. 물증이라도 있는 그런 거…….”

“그래, 알았다. 알았어. 이건 아주 확실한 건 아닌데, 남자도 아니고…….”

“남자가 아니면, 여자?”

“응, 아주 특이한 일이지. 나에게 여자가 찾아오는 경우는 흔치 않은 건데. 슬픈 얘기인데. 수도자를 사랑한 여자."

"뭐라고? 수도자를 사랑했다고? 그게 말이나 돼!"

"오빠, 왜 이리 흥분하고 난리야. 더 이상 말해주고 싶지 않네. 내가 레즈비언이나 되는 줄 아나? 그 여자가 얼마나 답답했으면 날 찾아왔겠어? 수도자를 사랑한다고 누구에게 말해야겠어? 주변 친구들이나 공공 상담시설에 가서 말하면, 그 수도자가 어떻게 되겠어? 금방 알려지겠지."

나는 흥분을 가라앉혀야만 했다.

"그러면, 그 여자의 목소리도 녹음되어 있는 거야?"

"오빠 같으면 녹음했겠어? 불길하잖아. 그리고 성직자 사랑 얘기를 녹음해봤자, 돈이 되는 것도 아니잖아…… 요. 재밌는 흥미 정도지."

바텐더인 그녀 말의 신빙성이 의심 갔다.

"아니, 결국 뭐야. 그냥 아무것도 아닌 거잖아. 물증이 있는 걸 말해 달라니까."

"그래서 내가 그랬잖아. 확실한 건 아니라고. 근데 어느 날 헤어진 나머지 그 수도자를 찾으려고, 그것도 산악자전거를 타고 이리저리 헤맨다 해서. 여자로서 사랑이 뭔가 싶었지. 나에겐 기억이 많이 나는 여자야. 그래서 말하게 되네. 그 수도자가 가난하니 달동네에서 살고 있나 싶었던 거지. 그 근처를 돌아다니려 자전거를 샀나 봐. 그것도 산악자전거를."

"뭐라고?"

나의 얘기가 뒤섞여 있는 것 같았다. 내가 수도원 학교 앞쪽에서 입학 허가서를 찢을 때, 멀찌감치 나타나 내 옆을 스쳐 지나간 정체 모를 그 여자인 듯싶었다. 나도 모르게 내 눈이 휘둥그레졌다. 나는 궁금한 게 폭발할 지경에 놓였다.

"너 나 오늘 처음 봤을 때, 작은 등불을 들고 날 마중 나왔었지? 그건 네 아빠께서 자전거에서 뺀 라이트라고 했고."

"그건 아까 다 말했던 거 아니야. 바쁘다며? 이젠 그만하고 여기서 자고 가던가, 아니면 얼른 일하러 가시지요, 기자 나으…… 리."

"하나만 더. 혹시……."

"말해봤자, 또 물증을 대라고 그럴 거면서. 속고만 살았나. 혹시, 뭐?"

그녀 말대로 속고만 산 게 아니다. 모든 게 힘들었고 고통스러워 타인을 믿고 기대하며 사는 게 사치였는지도 모른다.

"알았어. 믿을 게. 혹시, 수도자를 사랑하는 그 여인에게 네가 갖고 있는 등불을 줬니?"

"와우, 귀신이다! 오빠 정말 기자 맞네! 그 여자가 밤길이 너무 어두울까 봐, 달동네도 밤새워 수도자를 찾으려 한다고 하니까, 불쌍하기도 해서 내가 그냥 줬지. 대신 술값은 두둑이 받았지."

난 무지 혼란스러웠다.

"그 여인이 그 후로 널 또 찾아온 적이 있어? 그 여인의 이름은 알고? 그리고 얼굴빛은 어떠니? 또……."

"한두 가지 질문도 아니고. 그 여자 그 후로 오지도 않더라. 나머지는 나도 잘 몰라. 이름을 내가 어떻게 알겠어. 들었어도 기억도 잘 안 나고. 이 정도면 된 거지?"

바텐더의 마음이 또 나에게 들려오는 듯했다.

'오빤 나에겐 관심 하나 없나 보군. 오로지 정체 모를 그 여인만 생각하는 걸 보니, 재밌는 특종 잡을 생각에 빠져있는 것 같아. 얼른 일하러 가시죠. 오늘은 정전이라서 난 일을 접으련다.'

그러고는 그녀의 손은 어느새 내 허리에서 풀어져 있었고, 허리를 구부정하게 해서 칵테일 바의 문을 열고 나왔다. 등불의 기억만이 나에게 남아있을 뿐이었다.

제9장

꿈 해석의 답변들과 점술

Mind Theraphy

29

"교수님, 질문이 하나 있습니다."

허겁지겁 강의실을 문 열고 들어오자마자, 왼쪽 중간쯤 한 남학생이 손을 번쩍 들더니 질문을 해왔다. 강의 때면 흔히 있는 일이다.

나는 신문 기자를 하면서 대학에서 일주일에 3시간을, 목요일자 오전 하루에 연강으로 몰아 강의를 하고 있었다. 신문사에서도 보도 자료만을 베끼며 기업홍보 기자로 전락한 날, 배려한 것일지도 모른다.

강의 생각을 할 때면 칵테일 바, 성직자의 길, 자전거를 탄 그녀, 그리고 나의 가정과 연루된 여러 가지를 이 순간만이라도 잊을 수 있었다. 학생에게 질문을 받을 때는 나의 지식을 이리저리 끄집어내야 하는 부담이 있긴 하지만.

교수님이라고 날 호칭하며 급히 질문하려는 학생에겐 미리 이렇게 당부의 말을 할 때도 있다.

"제가 취재하다가 와서 사실 정신이 없을 때가 있습니다. 이 부분은 양해 부탁드리고요. 그리고 저와 나이 차이가 얼마나 난다고요. 그냥 형님이라고 불러주세요. 아직은 저도 경험과 연륜이 부족한지라."

이렇게 말하면 5백여 명이 넘는 학생들이 까르르 웃음을 터뜨리고 만다. 그래도 형님이라고 날 호칭한 학생은 없었다. 처음 강의할 땐 학생 수가 9명이어서 폐강될 뻔한 적이 있었다. 가까스로 폐강 기준인 10명을 채우면서 강의를 할 수 있었던 적도 있었다.

지금은 마이크까지 필요할 정도로 계단식으로 이뤄진 큰 강의실에 수강생이 자그마치 5백 명을 넘긴다. 심지어 뒤늦게 수강 시청한 학생들은 강의실 계단에까지 쪼그려 앉아 내 강의를 듣는다.

이유는 뭘까? 이유는 간단하다. 상호 소통이다. 남들은 황당한 소통이라고 말할지도 모른다. 학기 시험을 본 후 난 학생들에게 말한다.

"전 강의가 형편없습니다. 제 강의가 이해가 잘되지 않아 시험 성적이 안 좋다고 느끼면 그 이유를 시험 답안지 끄트머리에 쓰세요. 참고하겠습니다. 그리고 장학금을 반드시 타야 하는데, 이 '미디어와 심리 해석학' 과목 시험 성적 때문에 장학금을 못 받게 된다면 제가 얼마나 밉겠습니까? 저에게 연락을 주세요. 이것도 참조하겠습니다."

학생들에겐 이 말이 처음엔 도저히 납득이 되지 않았을지도 모른다. 하지만 이들은 이유가 뭐든 공부를 하고 싶어 이 학교에 왔고, 강의를 듣는 것이다. 돈 때문에 학업을 중단돼서도 안 되며, 선생의 실력 없는 교수법 때문에 시험 성적이 좋지 않을 수도 있어서다.

내 강의는 자유롭다. 그리고 끊임없이 의문이 남는다. 그래서인지 강의실에 내가 도착하자마자 질문이 쇄도하기 시작한다. 질문을 시켜도 귀찮아하는 수업과는 다르다. 나도 이들 학생처럼 가난을 겪었고, 부유한 시절을 겪었다. 나를 알아가는 데 많은 시간도 소요되었다.

나의 질문과 고통을 들어줄 이가 없어 칵테일 바를 난 찾았는지도 모른다. 그곳에서 얼마나 세상살이가 답답했으면 잠깐이나마 운명 상담실 운영을 상상해보기도 하지 않았던가?

난 늘 그래 왔던 것처럼 힘든 상황에서도 공부하려는 학생들을 이해하고 그들의 편에 서려 했다. 습관처럼 오른손으로 내 앞 머리카락을 쓸어 옆으로 넘기면서, 손을 든 학생에게 응했다.

"무슨 질문인가요?"

난 숨찬 호흡을 여러 번 입 밖으로 뱉어내며 가다듬었다.

"저는 언론홍보학과 3학년에 재학 중이고요, 지난 학기 아는 선배가 교수님의 강의를 들었나 봅니다. 미디어를 심리적으로 잘 해석 주셨다며 이 과목을 추천해서 듣고 있어요."

"그 선배가 착하고 좋은 학생인가 봅니다."

학생들은 나의 말에 또 웃음을 터뜨렸다. 질문하는 학생도 미소를 지으며, 질문을 이어갔다.

"하지만 제가 교수님을 한 번 테스트해 봐도 되나요?"

"무지 떨립니다. 그래도 도전이니, 그 테스트에 응해보죠."

나는 그 학생의 테스트를 흔쾌히 받아들였다. 강의실은 갑자기 고요하다 못해 적막함으로 탈바꿈되었다.

언론홍보학과 학생은 질문하다 말고 자신의 바지 앞 호주머니에서 종이 한 장을 꺼내는 듯했다. 그러더니 멀리서 내 앞쪽으로 그 종이를 꺼내 들어 올렸다.

"이 종이가 뭔지를 맞추는 문제입니다."

"좋아요, 단서가 기대됩니다."

학생들은 숨을 죽였다.

"제가 이틀 전 새벽에 꿈을 꿨고, 그 다음 날 이 종이를 받게 됐습니다."

"저도 흥미진진하네요. 계속해보세요."

고요한 가운데, 저 멀리 한 학생의 휴대폰에서 알람 소리가 진동했다. 그 학생은 급히 짙은 갈색의 휴대폰의 옆 버튼을 눌러 전원을 끄는 모습도 보였다. 그러고는 다시 쥐죽은 듯 조용해졌다.

"꿈 내용인데요. 꿈에서 아빠는 덥다며, 나를 시켜 탄산음료 사이다를 사 오게 했어요. 두 병이었습니다. 거실에서 아빠는 힘껏 병따개로 사이다 마개를 땄어요. 그런데 신기하게도 병마개가 높이 솟구치더니, 아주 천천히 거실 마룻바닥에 떨어지는 게 아닌가요. 두 번째 병마개도 마찬가지였어요."

나는 궁금한 게 생겼다.

"여름이었나요? 그리고 병마개만 아주 천천히 떨어지던가요? 근처엔 또 다른 물건이 있었나요?"

"여름인지는 모르겠지만, 아주 무더웠어요. 맞아요, 아주 천천히. 근처엔…… 있었어요. 저보다 큰 가위였어요."

사람보다 큰 가위가 있었다는 말에 나뿐만 아니라, 학생들은 너나 할 것 없이 적막을 깨뜨리며 웃어 재끼고 말았다. 하지만 그 학생은 진지하게 질문을 이어갔다. 그러면서 다시 조용해졌다.

"아빠께서 그 큰 가위를 양손에 잡더니, 내 머리를 자르려고 달려들어요. 저는 엄청 놀랬고요. 어쩔 수 없이 사이다 병마개를 양쪽 손에 주워들었습니다. 그러더니 장소가 거실에서 내리막길로 바뀌어요. 여전히 아빠는 제 머리를 자르러 큰 가위를 들고 저에게 달려옵니다. 그때 저는 양쪽 손에 쥔 병마개를 하나씩 아빠에게 던지죠. 더 이상 아빠가 저를 따라오지 못하게요. 꿈속에서 제가 아빠에게 저항한 듯합니다. 그리고 꿈에서 깼어요."

나는 이 학생에게 질문의 마무리를 유도하는 식으로 한 번 더 물었다.

"꿈의 내용은 이게 전부인가요?"

"네, 교수님. 제가 지금 들고 있는 종이의 정체는 뭘까요?"

"이 정도면 내적 커뮤니케이션으로, 그리고 미디어 심리학으로 접근하면……."

내 머릿속엔 이미 아리스토텔레스의 영혼 이론과 칼 마르크스의 변증법과 경제 이론, 그리고 프로이트의 무의식 칼 융 등의 집단 무의식의 이론이 저글링되면서 답을 찾아내고 있었다. 그리고 머뭇거리지도 않았다. 학생들은 숨을 죽이며 내 입만 바라보고 있는 듯했다. 난 사이다 병마개 떨어지듯 천천히 입을 열었다.

“군 입대 입영 통지서입니다.”

찬물을 끼얹듯 강의실은 아무 소리도 잡음도 나지 않았다. 심지어 볼펜 돌리는 모습들마저 사라졌다. 날 바라보던 학생들의 시선이 언론홍보학과 학생이 들고 있는 종이에 집중되었다.

질문한 그 학생은 입을 여는 걸 잠시 잊었는지, 그 자리에서 부정도 긍정도 하지 않고 멍하니 한동안 서 있었다. 학생들은 정답이 빨리 공개되길 기다리는 눈치였다. 그러다가 언론홍보학과 학생은 고개를 갸우뚱하더니 나에게 말을 건넸다.

“왜 이게 입영통지서죠? 제 고등학교 성적표일 수도 있고요. 물건 산 영수증일 수도 있지 않나요?”

나는 주저하지 않고 이 학생의 질문 내용을 풀었다.

“아빠와 질문한 학생은 가끔 날씨가 더우면, 같이 사이다를 사서 마시죠? 병마개가 가끔은 낯설지 않게 보이고요. 때론 그게 뾰족한 부분들이 있어 던져 맞으면 다칠 수 있다고 생각했을 거고요. 그런데 갑자기 아빠께서 이번 학기 마치면 군대를 가야 한다고 강요했겠죠.”

그는 나의 말을 듣고만 있었다. 나는 떠오르는 내 생각을 정리하느라 정신없었다.

“…… 그래서 신체검사도 받았을 듯싶네요. 그런데 어느 날 군 입대 입영통지서가 학생 앞에 날라 온 겁니다. 학생은 급하게 잡힌 입영 날짜가 눈에 들어오자, 아빠께 군 입대를 늦추겠다고 했을 겁니다. 그 말을 듣고 아빠는 빨리 갔다 오라고 다그쳤겠죠. 아빠께서 큰 가위를 들고 학생의 머리를 자르러 달려옵니다. 군 입대 상징은 머리를 거의 스포츠

형 머리로 바짝 잘라야 하니까요. 하지만 학생은 저항했을 겁니다."

나는 목이 말라 순간 말을 멈추고 교탁 위에 있는 커피 캔을 들어 올렸다. 그러고는 뒤돌아서서 통째로 마셔버렸다. 다시 앞을 응시하고 말을 이어갔다. 학생들은 침묵으로 일관했다.

"그건 꿈에서는 병마개를 아빠께 던지는 소극적인 하소연에 머물렀을 거고요. 무의식과 집단 무의식 상징기호 등이 잘 드러난 꿈입니다. 맞나요?"

언론홍보학과 학생은 고개를 끄덕이며, 종이를 테이프에서 떼어 학생들 앞에 펼쳐 보였다. 그건 다름 아닌 내가 말한 군 입대 입영통지서였던 것이다!

학생들은 대부분이 일어나 나에게 기립 박수를 쳐줬다.

강의를 마치고 나면, 세 시간 연강이라서 그런지 팔다리의 힘이 쭉 빠진다. 강의에 최선을 다한 결과라 몸은 어느덧 파김치처럼 녹초가 되어버리지만, 학생들의 얼굴은 그럴수록 더 밝다. 그러면 된 것이다. 나도 더 바랄 게 없었다.

삶이 다 그러듯 자신의 몸을 불태워 타인에게 헌신하다 보면, 그들에겐 그게 자양분이 된다. 누군가가 주변이 잘 된다는 것은, 그만큼 누군가가 그들을 위해 희생 헌신한다는 의미일 것이다. 잡부인 엄마는 나에게 늘 말해왔다.

자신의 몸을 신에게 바친다는 건 타인에게 자신을 헌신한다는 말과 같다고. 매사 결과를 의심하지 않고 최선을 다한다는 건 그게 구원이라는 개념이라는 것을.

강의하는 세 시간 동안엔 어김없이 내 휴대전화 문자엔 취재할 내용이 수북이 쌓여온다. 누군가에도 전화가 와 있기도 하고. 취재원이든가 아니면, 칵테일 바의 그녀일지도 모른다. 오늘처럼 최선을 다해서 강의한 이후에는 체력이 다 고갈된 나머지 만사가 귀찮고 따분한 날이 되어버린다. 얼른 어디든 가서 아무 생각 없이 팔다리 펴고 자고 싶을 뿐이다. 그래도 학생들이 점심을 같이 먹자 하면, 거절하긴 쉽지 않다.

강의하는 날은 취재차량을 몰고 학교에 오지는 않는다. 대체로 학생들과 말이라도 나누려면, 차를 타는 것보다는 교문까지라도 걸어 내려오는 그때, 더 진솔한 대화가 오가기 때문이다.

이 순간은 몇 분도 안 되는 시간이긴 하지만, 평상시 듣기 어려운 학생들의 가정사도 흘러나온다. 내일 자신의 부모가 이혼하게 된다는 말도 들은 적이 있고. 이럴 땐 가끔 그 학생 부모의 생일을 조심스레 물어보고 사주팔자를 보다 보면 어쩔 수 없는 이혼일 경우가 대부분이었다.

여성은 여덟 글자에 남편에 해당하는 편관 정관, 즉 관성 운이 있어야 하는데, 없는 경우는 결혼해도 별거, 이혼하거나 사별한다. 간단히 말하면 그렇다.

'모든 게 이미 정해진 걸까.'

이렇게 혼자 생각에 잠기며 늪 같은 우울함에 빠져들어갈 때, 자신의 여자 친구가 일주일 전에 교통사고로 죽었다는 슬픈 얘기도 들었다. 그리고 산업디자인학과 4학년 졸업반 여학생이 나에게 몰래 귀띔해준 말도 있다.

교수인 나를 진지하게 좋아하는 같은 학과 여학생이 있다고. 그 학생은 내가 527번 버스를 타고 전철역에 간다는 소문을 듣고, 내가 강의를 마치는 그 시간에 맞춰 학교 앞 버스정류장으로 달려간다는 것이다. 거기서 나를 하염없이 기다리기도 한다는 데.

나로서는 그들에게 최선을 다하고 있다는 걸 인정받는 듯해서 기분 좋은 일이기도 하다. 하지만 타인을 흠모하고 좋아한다는 게 자신의 삶을 거는 듯하여, 때론 말로만 들어도 안쓰럽기도 하고 두렵기도 하다.

내가 누군가를 목숨을 걸며 좋아했던 적이 있는가. 내가 누군가를 무작정 기다려 본 적이 있는가. 그것도 하염없이. 내가 누군가를 그리워해 본 적이 있는가. 내가 누군가를 흠모하며 선물을 준비해 본 적이 있었는지도 가물가물하다. 나의 지나온 자취는 삶을 무엇인가에 누군가에 걸며, 살아온 적이 없었는지도 모른다.

잡부인 엄마에게 나의 불행을 탓해온 게 전부다. 너무 배고파 허덕이면서 진로를 고민하며 길을 정한 것밖에는 생각나는 게 없다. 그것도 바쁘고 급하게 정신없이. 이게 내 모습인 것. 나도 뭔가에 누군가에게 걸어야 할 때가 온 건가?

'걸고 싶다. 사람이든 뭐든.'

제10장

회상의 미로, 다름 아닌 기억

Mind Theraphy

30

나에겐 여러 여자들이 내 삶에 끼어들어 오기도 했다. 날 잘 모르는 학창시절의 친구들이나 나의 강의에 매료된 학생들일 수도 있고, 칵테일 바의 바텐더이기도 하다.

하지만 다들 잠시 내 곁에 있다가 떠나간다. 팔자에 여자에 대한 재앙, 여난(女難)이 있는 것처럼. 마치 순간의 시간을 다루는 물리학 이론이나 자연법칙처럼.

어린 시절 수도자의 길을 걸으려 할 때가 가끔 회상되곤 한다. 이때가 가장 인상 깊고 기억이 자주 난다. 난 교회 학교에서 봉사를 하면서, 교리와 성경에 대해 학습해 갔다. 부활에 관한 얘기를 들을 땐 쉽게 납득하지 못 했다. 이를 같이 고민해주고 생각을 나눈 이가 있었는데, 성직자도 아닌 평신도였고, 남자도 아닌 또래 여자애였다.

그녀의 이름은 '갈리아'

그녀의 어머니가 이탈리아인이었고, 아버지는 한국인이어서 이 같은 이국적인 이름을 갖게 된 듯싶었다. 그 이상은 난 잘 모른다. 알려 해도 더 이상 알 수 없는 그런 그녀였다.

'갈리아'라는 이름은 예수가 죽지 않고, 이곳 갈리아로 지역으로 망명했다며 순수한 부활론을 거절한 한 신학자의 애절한 사변도 얽혀있다고 그녀가 말해준 게 기억난다. 갈리아는 당시 로마제국의 영토였고, 지금은 프랑스와 벨기에 독일 이탈리아가 속한 복잡한 곳이라는 것도. 그녀를 다시 만나게 된다면, '갈리아'라는 이름을 갖게 된 이유들을 묻고 싶었다.

'갈리아'라는 그녀는 나에겐 특별한 의미가 되고 있었다. 나에게 지적인 자유를 만끽하게 해줬고, 마음을 애달프게도 했고, 마음속을 쉽게 들여다볼 수 없는 한 여자애의 이름이기도 하니까.

로마인들의 망명지이기도 한 이곳 명칭 '갈리아', 이 영토를 차지하려 수천 명, 수만 명의 병사들이 피 흘리고 싸우며 죽어간 곳. 지금 이들은 영령이 되어, 이곳을 이리저리 떠돌고 있겠지. 난 갈리아를 어린 시절의 나의 여인의 이름으로 불러왔는지도 모른다. 나만의 마음속에 애절하게나마 그렇게. 하지만 여인 갈리아는 내 곁에서 사라진 지 오래다. 마치 사라진 병사들의 혼령처럼 말이다.

용기 내어 어린 그녀의 무거운 가방을 들어줬던 기억도 난다. 나의 동네 마칼리 숲속의 한적한 도서관 벤치에서 잠시 쉬며 오랜 대화를 나누기도 했다. 지적이고 깊은 대화를 그녀가 던질 땐 나도 모르게 그녀의 볼에 입맞춤을 했다. 그녀의 얼굴은 발갛게 달아오르기도 했다. 내가 왜 그랬을까, 당황스럽기도 했다. 하지만 그뿐이었다.

그런 희미한 회상 속의 갈리아 여인. 그녀는 녹슨 자전거를 탔고, 허름한 흰색이나 하늘색 티셔츠를 이따금 바꿔 입는 가난하고 가련한 여인으로 다가오기도 했다. 아무도 그녀가 누군지 알려 하지도 않았고.

슬프게도 12월 겨울 어느 날, 살을 에는 추위와 함께 그녀는 아무 말 없이 내 곁을 떠났다. 수소문해도 그녀를 정확히 아는 이는 없었다. 서로에게 기억날 만한 것들이 많지 않아서 굳이 그녀는 나에게 전할 말도 없었던 걸까? 홀연히 사라진 그녀는 수도자의 길을 가려는 나에게 아무 말도 어떤 표현도 없는 채 부담을 주려 하지 않은 듯이. 그래도 누군가에겐 자신의 흔적을 알렸을 텐데.

우린 이렇게 어느 날 이별했다. 그런데 갈리아인 그녀가 나의 기억 속에 자주 되새김질이 된다. 스쳐 지나갔음에도…….

수도원 학교 앞에서 입학허가서를 찢을 때 날 스쳐 간 작은 등불을 달고 있는 자전거를 탄 그녀. 칵테일 바에 찾아와 수도자를 찾으러 다녔다는 그녀. 그녀가 궁금해졌다. 그녀가 갈리아라면 내 앞에 나타나면 됐었고, 신학교 앞에서 날 알아봤을 텐데……. 그리고 난 교회당에서 항상 있어 왔고. 아니겠지. 그녀는 갈리아가 아닌 거야.

이렇게 생각할 때마다 수도원 학교 문 앞에서 우연히 날 스쳐 지나간 여인의 자전거 등불을 연상케 하는 흔적들이 어김없이 내 눈앞에 하나씩 놓이고 있었다. 때마침 예상치 못한 신비한 일도 일어났다. 나의 취재 출입처인 과천정부청사 앞에 하이힐이 부러져 엉거주춤 걷던 한 여성이, 내 손을 붙들며 구두수선 가게가 어딘지 묻다가 친해졌다.

그 여성은 자전거를 탄 핏기 없는 얼굴의 그녀와 유사한 색깔의 원피스를 입고 있었다. 늦은 밤 전철이 끊겼다며 전철 플랫폼에서도 날 유혹하기도 했던 그녀는 등불 달린 자전거 생산을 고집해왔던 삼한 자전거 회사 사장의 딸이었다. 우연치고는 섬뜩했다.

사실 칵테일 바의 바텐더도 정전됐을 땐 그 흔한 촛불 대신 작은 등불로 바를 밝혔고. 심지어 그녀의 목소리가 낮이 익었는데, 갈리아의 목소리를 듣는 착각을 일으킬 정도였으니까. 그래서인지 내가 그녀를 처음 본 날부터 빠져들었는지도 모른다. 칵테일 술기운에 취해서라기보다는……. 하여튼 이들은 내 자체나 가정환경 보다는 나의 겉모습을 더 좋아한 거겠지.

수도원 학교 가는 걸 미루면서 우연히 나에게 다가온 여자들. 많지는 않았지만, 핏기 없는 얼굴의 그녀 흔적들이 그녀들에게 어김없이 나타나곤 했고, 갈리아가 연상됐던 것이다.

처음에는 우연이라고 생각했지만, 더 이상 그렇게 여기기에는 냉정한 판단과 결단이 요구되었다. 결과적으로 필연으로 나에게 다가오는 듯싶었다.

그녀가 나에게 뭔가를 말하려 하는 걸까? 그게 아니라면……. 우연히 본 핏기 없는 얼굴의 그녀에 집착하는 내 모습을 아는지 모르는지, 그녀들은 뒤돌아서서 자신의 길을 가기 바빴다. 그녀들은 넉넉지 못한 가정에 홀어미와 함께 사는 내 환경에 냉정했다.

그래도 나는 내 탓으로 돌리며, 바보처럼 그녀들을 그리워했던 것이다. 한동안 마음속에서 그녀들과 지내온 날들을 지울 수가 없었지만, 그럴 때마다 핏기 없는 그녀의 얼굴과 옷들이 어김없이 내 머릿속에 떠올랐다. 칵테일 바 바텐더의 목소리도 뒤섞이면서까지 말이다.

'왜 이리 내가 그녀에게 집착하는가. 그래, 그녀를 찾아봐야겠지. 그녀가 누구 이길래. 갈리아라도 되는 걸까.'

31

나는 가끔씩 수도원 학교를 스쳐 지나갔다. 취재를 핑계 삼아 가기도 했었고, 마음의 안식이 그리워서도. 정문 앞에 넋 놓고 있어 본 적도 하루 이틀이 아니다. 정문 너머 멀리서 보이는 경비 아저씨는 여느 때처럼 자욱한 담배 연기를 입 안에 가득 물다 한꺼번에 내뿜고 있을 뿐.

자전거를 탄 그녀. 그녀를 다시 볼 수 있을까?

작은 등불이라도 내 앞을 비춰 보라고! 정문 앞쪽에서 길을 잃고 정처 없이 걸어가던 그 길을, 다시 찾아가 걸어 본다. 그리고 그 길 따라 뛰어 보기도 하고.

한두 시간 동안 멀거니 거기에 서 있어 보기도 하지만, 그녀는 나타나지 않는다. 그럴 기미조차 보이지 않는다. 기대를 저버리게 한다. 마치 운명이라는 거센 흐름 위에 있는 것처럼. 화가 가끔 치밀어 오르는 건 아마 나 자신의 우울한 내면 때문이겠지. 무언가의 해결책과 탈출구가 보이지 않으니까.

생각이 분산되면서 출입처에 전화를 걸어 보도 자료를 받아 대충 그거로 기사를 올렸다. 항상 해오던 나의 모습이지만……. 지면 위에서 비판하거나 개혁의 목소리를 낸다 해도 누구도 알아주지 않을 거라며, 스스로 위로를 하면서 날 정당화하는 과정을 여느 기자처럼 밟고 있는 거겠지.

학창시절 내가 욕해오던 '아무 생각 없이 베끼는 홍보 기자'가 나 자신마저 그렇게 되어 가고 있었던 거다. 잘난 척한 나도 별 게 아니었던 것. 이 여자를 찾고 나면 정의롭지 못한 권력까지 흔들 수 있는 '참다운' 기자로 거듭날 것을 나 자신에게 약속해본다. 나 자신을 이렇게 위로하면서 날 달래보곤 했다.

다음 날, 그리고 그 다음 날도 수도원 학교 등굣길, 그곳을 가보지만 마찬가지였다. 요란한 모터 엔진 소리를 내며 피자 배달하던 오토바이를 탄 아저씨만이 날 스쳐 지나갈 뿐이다. 나는 발길을 옮겨 전철을 향하여 터벅터벅 걸어갔다. 전철역을 보자마자 문득 내 머리에 여러 생각이 스쳐 지나갔다.

'그렇지! 그거야. 도서관에서 쪽지를 건네줬던 그 음대 여자애 집 가는 길에 자전거 상점이 하나 있었잖아! 아주 오래전 일이네, 벌써. 그녀가 타던 자전거와 같은 산악자전거를 팔고 있었지. 혹시 그 가게 주인의 딸일 수도 있지 않을까. 아니더라도 상관없지. 그 여자 손님을 알 수도 있을 거야.'

무언가의 단서가 머릿속에 잡힐 때쯤이었다. 휴대폰 진동이 내 바지 앞 호주머니 속에서 울려댔다. 이번엔 휴대폰 통화 버튼을 성급히 누르지 않고 발신번호를 확인했다. 편집장이 긴급히 날 찾는 전화 같았다.

"편집장님. 저 지금 취재 때문에……, 무슨 일이라도 있으세요? 지금 홍보 기사라도 써 보내드려야 하나요?"

"아니야, 괜찮아. 축하드리네."

"네? 뭐를요?"

"김 기자가 올해 언론인 협회에서 기자상을 받게 됐어. 이번 주말 같이 상 받으러 가자고."

"제가 기자상을 받는다고요? 제가 특종을 한 것도 없는 데…… 요."

"김 기자! 또 순수한 척하는 거야 뭐야. 그 정도 하면 잘한 거야. 특종 친다고 누가 알아줘? 독자들도 그때만 좋아하지, 싫어해. 읽기도 버거운 진실을 누가 좋아하냐고."

"그래도 그렇죠……."

"김 기자와 말하다 보면, 내가 다시 순수한 어린애들이 되는 것 같다니까. 축하하고, 잔말 말고 광고될 만한 것 좀 주워 오라고!"

그러고는 전화는 '툭' 끊어졌다. 내가 올해 한 거라고는, 광고를 얻기 위해 소위 위에서 시키는 기업 홍보성 기사를 썼을 뿐이다. 비판적이고 진실을 찾아가는 탐사보도는 나의 강의나 허울 좋게도 언론학 교과서에만 있었다. 특히 요즘은 자전거를 타고 내 곁을 스쳐 간 '신비스러운 그녀'를 찾느라 취재 핑계로 딴청 하기 바빴고.

죽어가는 영혼의 나. 세상은 이 같은 기자에게 상을 준다. 지금은 어렸을 때부터 엄마가 나에게 가르쳐 준 세상을 다시 한 번 확인하게 되는 순간인 것이다.

'그래, 잘 된 거잖아. 어디 간들 이런 거잖아. 플라톤이 말한 아무 흠집 없는 세상인 이데아나, 토마스 모어가 말한 유토피아는 저 천상에나 존재하는 거라고 하지 않았나? 지배자들의 전적인 잘못이라고 탓하기도 어렵잖아. 원래 세상은 불완전할 수 있으니까. 그래서 그들이 몹시 좋아하는 사상이기도 하고.'

내 영혼은 산산이 부서지고 있었지만, 내 육체가 건재하면 되는 것 아닌가? 엄마는 이런 세상에서 영혼의 순수함을 지키기 위해 약봉지밖에 얻은 게 없지 않은가?

나는 왠지 모를 뼛속까지 스며오는 슬픔을 이겨내고 지루해진 이곳에서 살아남을 수 있으려면, 나름대로 이렇게나마 삶의 원칙들을 만들 수밖에 없었던 거다.

32

그녀를 찾기 위해 취재 핑계로 나온 내 앞엔 어느새 사람들로 벅적거리고 있었다. 내 발길은 무언가에 이끌려 지하 1층의 전철역 플랫폼으로 가고 있었다. 동물적인 감각으로 나도 모르게 여러 생각 속에서도 그녀를 향한 발걸음이 이어져 가고 있었던 것이다.

전철역 에스컬레이터를 타고 내려온 기억도 나지 않았다. 조금 전만 해도 편집장의 전화통화가 내 귀에 들려올 뿐이다. 압구정역 1번 출구로 나왔을 때는 여느 때처럼 햇살이 나에게 따스하게 쏟아져 내렸다.

한적한 기운도 느껴졌다. 1번 출구로 나와 왼쪽 길로 들어서면, 4층 빌딩 내 2층 모퉁이에 모카 커피점이 멀리 보였는데, 5년쯤 지난 오늘도 그 자리에 변함없이 있다. 주유소, 교회당…… 대부분의 것들이 예전처럼 그대로 그곳에 자리 잡고 있었다. 과거는 현재와 기억의 다리를 놓고 그곳으로 오라고 항상 손짓하고 있는 듯했다.

여기서 조금 지나면 사거리가 나오고 그 인도길 끝자락에서 쪽지를 학교 도서관에서 건네준 음대생 그녀의 손을 살짝 잡은 기억도 새록새록 떠올랐다. 그녀는 그 스쳐 지나가는 나의 손길에 부끄러워하는 몸짓을 보였었지, 아마.

때마침 그때 자전거 상점도 걸어가는 내 옆으로 스쳐 지나갔었다. 영락없이 자전거를 탄 핏기 없는 얼굴의 그녀가 질투를 하며 내 귓가로 자신을 다시 기억해달라는 음성이 들려오는 듯했고. 인도에도 삼한 회사의 이륜 자전거 전시물로 넘쳐 있었다. 이건 확실한 거였어.

하지만 오늘은 그곳엔 자전거 상점 대신, 휴대폰 가게가 확성기로 요란한 음악 소리를 내면서 새로 출시한 전화기를 소개하며, 고객을 기다리고 있다. 순간 내 마음이 허물어져 내리는 듯했지만, 망설임 없이 휴대폰 가게 안으로 들어갔다.

"손님, 우리 매장엔 좋은 휴대폰이 많이 있어요. 혹시 찾는 전화기라도 있으세요?"

중년의 부인이 반갑게 나를 맞이해 주었다.

"그보다…… 여기가 원래 자전거 파는 곳 아닌가요?"

"자전거요? 저흰 30여 년 전부터 삐삐와 전화기를 판매해왔는데요. 근래 들어 휴대전화기 위주로 팔고 있고요. 무슨 일이라도……."

"네? 정말이세요? 5, 6년 전쯤 여기서 삼한자전거를 팔지 않았단 말인가요?"

"삼한자전거든 뭐든 여기선 전화기만 팔았다고요."

"아, 그래요? 제가 착각을 했나 봅니다. 죄송합니다."

"아니에요, 손님, 그럴 수도 있죠. 다음에 휴대폰 고장 나시면 저희한테 오세요. 저렴하게 해드릴게요."

그러고는 중년 부인은 내 뒤로 오는 학생 손님을 맞이하느라 정신없어 보였다. 나는 그곳을 급하게 빠져나왔다. 서로 인사하는 것도 잊은 채 말이다.

"저, 손님! 잠시만요."

33

조금 전 그 휴대폰 가게의 주인인 것 같은 중년 부인이 내 뒤에서 나를 불러대는 것 같았다. 나는 아무 생각 없이 뒤로 목을 돌렸다. 예상했던 대로 조금 전 가게에서 나를 맞이한 바로 그 중년 부인이었다.

"제가 뭐라도 잘못한 게 있나요? 아차 인사도 못 드렸나 보네요."

"그게 아니라요. 5, 6년 전이라고 하셨나요? 맞나요?"

"네, 그보다…… 6, 7년 그쯤 돼요."

"아마 그때 20대쯤 되어 보이는 여대생 같기도 한데…… 애들처럼 보이기도 하고요. 그분이, 아니, 그 학생이 매상을 대신 치러 주겠다며 휴대폰 가게를 빌리겠다고 했어요. 새로 출시된 폰도 없고, 장사도 시원찮아서 승낙했죠. 자전거를 그때 여기서 그녀가 팔았나 싶기도 하고……."

"그러면요, 그 여자분의 연락처는 알 수 있어요? 주소도 있으면 더 좋고요……."

"계약서를 쓰자고 하니까, 선금을 선뜻 내놓는 바람에……. 사실 우리도 그녀의 연락처가 궁금하기도 해요. 선금이 거의 휴대폰 1년 치 매상에 가까웠거든요. 너무 고맙기도 하고."

"혹시 그분이 좀 몸이 아팠나요? 얼굴의 핏기 하나 없어 보이거나……."

"언제 그 여자분을 보신 적 있으세요? 이 매장을 빌리러 올 때, 몸이 너무 아파 보였거든요. 그분 덕분에 우리가 지금은 이렇게 장사도 잘 되긴 한데……. 손님은 근데 그분을 왜 찾으시죠? 혹시 찾게 되면 저희에게도 알려주셨으면 하네요. 고마워서 보답이라도 하고 싶어서……."

결국 그녀는 사라진 걸까. 찾기는 어려워 보였다. 그런데 왜 그녀는 하루 장터를 열듯 여기에 자전거 상점을 열었던 거지? 1년 치 매상까지 줘 가면서……. 도저히 알 수 없는 미궁에 빠져들었다. 지금 그녀를 찾는다 해도 달라질 건 뭔가. 아무것도 없었다. 내 앞에 펼쳐지고 있는 그녀의 자취에 대한 나만의 호기심일 뿐이라는 생각이 들었다.

그런데 그녀가 나의 어린 시절 여인, 갈리아라면? 이렇게 저렇게 생각해봐도, 그녀가 끊임없이 내 마음속으로 조금씩 들어오는 듯했다. 우울해지기도 하고 외로움이 엄습해 오기도 했다. 그렇다고 그녀를 찾을 수 도 없는데. 조금의 불빛만이라도 나에게 비춰오길 바랐다. 그래, 작은 불빛…….

'작은 등불의 출처라도 찾아볼까?'

좀 더 생각해 보자. 그 다음 날도 그녀에 대해 근거 없이 이끌리는 그리움과 집착이 쉽게 사그라지지 않았다. 내 머릿속은 온통 그녀의 생각으로 가득 차올랐다. 어쩔 수 없었다. 그녀의 자전거에 달린 작은 불빛인 등불의 근원지를 찾아내고 싶어졌다.

그렇다! 작은 등불을 파는 고물상 주인인 칵테일 바 여자애의 아빠. 이 여자애한테 전화를 걸어야 했던 것이다.

"오빠, 웬일이야. 내가 그렇게 보고 싶었어? 세상 살다 보니 별일이 다 있구나. 높으신 어른이 나 같은 비천한 애한테 전화를. 그냥 오면 될 걸. 오늘 날씨도 좋은데 한번 들러."

"그러게. 너라도 날 반갑게 대해주네. 고맙다. 미안. 오늘도 좀 바빠서. 근데 정전 때…… 네가 들고 나왔던 그 작은 등불 말이야. 네 아빠가 자전거에서 빼내신 거라고 했었지?"

"응. 또 그건 왜? 지겹다, 지겨워. 이젠 그런 얘기는 그만했으면 좋겠어. 오빤 모든 게 탐구 덩어리야."

"한 번만 봐줘라. 아빠께 물어봐 줄래. 그 자전거 어떻게 얻었는지?"

"알았어요. 대신, 술 좀 사줘라."

"좋아, 다음에 가서 내가 술 쏘마."

"와, 오빠 기자 되더니, 호탕해졌네. 잠시만 기다려봐. 내가 물어봐 주지."

그렇게 한 시간 정도 지날 때쯤, 이번엔 그녀가 나에게 전화를 걸어 왔다.

"오빠, 나 이 등불 때문에 횡재했던 거네. 근데 기분은 무지 나쁘다. 재수 없으려니까."

"뭔 말이야? 자세히 좀 얘기해 봐."

"아빠가 그러시는데, 흰빛 원피스를 입은 한 젊은 여자가 오더니, 등불 달린 자전거를 그냥 주고 갔다는데. 이젠 필요 없게 됐다면서 말이야. 아빠는 쇠붙이 녹여 팔면 이익을 남길 것 같아서 놓고 가라고 하셨대요. 근데 알고 보니까 등불이 순금으로 되어 있다는 거야. 오빠 나 부자 된 느낌이야. 너무 좋아. 아빠는 그 핑계로 내가 일도 안 하고 놀까 봐 순금으로 되어 있다고 말을 안 했다는데. 아빠가 좀 바보 같다니까. 그게 몇 억이나 되겠어? 웃기는 아빠라니까."

"흰빛 원피스를 입은 여자? 그 여자 같은데. 순금은 뭐야? 참 신기한 일이네. 그러면 잘된 일 아니야? 뭐가 재수 없어?"

궁금한 게 한둘이 아니었다.

"오빠 그 여자 알아?"

"아니, 전혀. 왜 재수 없냐고?"

"이 등불이 순금이라고 해서 자세히 보니까 등불 안쪽에 신을 저주하는 글귀도 있고, 신을 찬양하는 글도 있더라고. 이 여자 정신병자 아니야? 옷 입은 것도 좀 이상하잖아. 아무 무늬도 없는 흰 원피스에……."

"혹시…… 그 여자, 너에게 찾아왔던 그 여자 아닐까? 네가 등불을 줬었다며? 자전거를 타면서 이 동네 저 동넨 수도자를 찾아다녔던 여자 말이야!"

"그게 말이 돼? 내가 준 등불은 녹슨 쇳덩어리에 불과하다고요. 순금이라면 부자일 테고. 부자가 뭐가 아쉬워 수도자를 사랑해! 옷은 하늘빛이 났었는데. 흰색은 귀신같아, 귀신."

"그래도 이상치 않아? 됐다, 됐어. 연락처는 알 수 있을까?"

"고물상 거래에 무슨 연락처가 필요해? 그것도 그냥 주고 간 거고. 이거 순금이 아니면 버리고 싶단 말이야. 신을 저주한 거는 좀 기분이 나쁘다니까. 오빠, 이 일로 다음부턴 연락하지 마!"

"알았다. 다음에 가면 술 살게."

나는 이 말을 끝인사로 남기고 전화를 끊었다.

그런데 몇 분 지나서 전화가 다시 그녀한테 다급하게 걸려왔다.

"오빠 등불 밑바닥에 이게 적혀있어."

"그게 뭔데?"

"연락처가 아닐까?"

"아니, 그게 뭐냐니까? 답답하게."

"하늘M(엠)30625"

"하늘엠이라고? 하늘……."

나는 이 암호 같은 문자들을 곱씹어 봤다. '하늘엠'은 바로 내가 다녔던 중학교 이름을 뜻하는 것 같았다. 엄마는 나를 가톨릭 학교인 '하늘중학교'로 보냈던 거.

'그러면 30625'는 뭘까?

'30625'는 3학년 6반 25번이 아닐까? 하늘중학교 3학년 6반 25번. 그런데 나는 3반이었다. 설마 전화번호는 아니려나?'

바텐더 여자애가 참을성 없게 혼잣말처럼 중얼거리는 소리들이 전화기로 들려왔다.

"이 여자는 하늘한테 뭔 원망이 많아. 미친년이 아니라 원한이 맺힌 년 같은데. 신을 저주하는 글들도 새겨있고……. 오빠, 내 말은 듣고 있는 거야?"

"어, 미안. 자꾸 너에게 미안한 일들만 생기네. 나 잠시 가볼 때가 있어서. 고마워. 다음에 또 통화하자."

"맨날 바쁜 척은. 조만간 술 사는 거 잊지 말고…… 요."

나는 급히 하늘중학교로 향했다. 취재차량을 이용했다. 그래야 쉽게 정문도 통과하니까. 나와 동급생인지 아닌지도 알 수 없어 학교에 가서 확인해봐야겠다는 생각이 내 머리를 스쳤다. 오늘은 이상할 정도로 차가 막히지 않았다. 차들이 날 피해 주고 있다는 착각마저 들 정도였으니까.

'윗선 이익에 걸맞는 보도 자료나 베끼는 취재 차량이라서? 잘 못 걸리면 안 되나 싶은 거겠지. 다들 피해 의식에 찌든 거?'

학교에 도착하자마자, 기자 명함을 내보였다. 굽실거리는 경비 아저씨들, 신학교 경비 아저씨도 내 명함 보면 이렇게 대하려나. 어떻게 대할지 궁금해졌다.

'날 기억이나 할까. 분명 앞에서만 굽실거리고, 뒤에 가선 담배를 펴대며, 쓰레기 기자, 미친 '기레기'라고 욕하겠지.'

잡다한 생각들에 빠져들 때가 아니었다. 내 동급생인 졸업명단과 앨범부터 찾았다. 시간이 흘러서인지 안면이 있는 선생님은 내 눈에 쉽게 띄지 않았다.

졸업생 명부부터 손에 쥐었다.

'예상했던 대로일까?'

3, 0…, 6, 25. 마음속으로 천천히 읽어 내려갔다.

3학년 6반 25번……. '한지아'

이 동급생은 누구인 거지?

지아……, 들어본 기억이 희미했다.

앨범도 찾았다. 한 장 한 장 앨범 사진들을 넘기면서 과거가 추억처럼 떠오르기 시작했다. 까무잡잡한 내 얼굴이 보였다. 실없는 나만의 웃음이 지금의 내 얼굴에 번져갔다.

아빠의 사업 실패로 집을 잃을 때 급히 이사 가느라 나의 졸업 앨범을 챙기지 못했잖아. 성적 우등상장도. 궁금했었지, 그때 나의 동급생과의 추억들도 말이야. 그때였다. 3학년 6반 졸업생들의 얼굴들이 하나하나 내 눈에 잡혀 왔다.

한지아……, 얼굴 사진이 내 눈에 들어왔다. 소름이 돋았다. 자전거를 탄 그녀가 '지아'였던 것이다!

졸업사진과 다른 점은 핏기 없는 얼굴은 아니었고, 좀 더 발랄해 보였다. 그런데 졸업 앨범에 적힌 그녀의 미래 희망 직업이…… 학창시절에 흔히 꿈꾸는 교사나 디자이너처럼 흔한 그런 게 아닌 '수도자의 아내'였다니!

그녀가 원했던 장래 희망은 수도자의 아내…….

내 온몸에 전율이 흘러왔다. 당연히 졸업앨범에 적힌 내 희망 직업은 엄마의 강요로 적힌 '수도자'였고. 확인해 볼 필요도 없었다. 하지만 현실적으로 수도자의 아내는 될 수 없다. 불가능한 것이다. 홀로 살 수밖에 없는 수도자의 아내라니…….

34

나는 그녀가 몹시 궁금해졌다. 점심때 밥을 먹고 운동장에서 가끔 마주친 기억밖엔 나지 않았다. 그랬을 뿐이다. 그런데 왜 이런 그녀가 내 주변을 맴돌고 있다는 게 신기할 따름이다. 나만의 착각이고 정신병일까? 마치 주변의 영혼이 보이는 조현병 환자처럼?

졸업앨범에 적힌 그녀의 주소와 전화번호를 메모지에 또박또박 적어 도망치듯 허둥지둥 내 모교를 빠져나왔다. 하지만 그녀의 전화번호는 없는 전화번호였다. 세월이 그만큼 지났기 때문이겠지. 내가 적은 집 주소대로 그녀 집을 직접 찾아가 볼 수밖에 없다. 그녀가 보이지 않는 손으로 날 이리 저리로 이끄는 듯했다.

그 순간에도 내 휴대전화엔 끊임없이 문자들이 오는 알람 소리가 들려왔다. 흘깃 쳐다본 문자엔 취재요청 보도 자료들로 넘쳐났고, 미처 받지 못한 칵테일 바의 여자애의 전화도 있었다. 게다가 의대를 합격했다며 반가운 소식 문자를 보낸 고등학교 김 선배 문자가 눈에 들어왔다.

"채 기자, 바쁜가? 하하. 나도 이게 몇 년 만인가. 붙었다. 의대에. 한턱 쏘지. 나이가 들었으니 개인병원 차려서 돈을 삽으로 쓸어 담아야겠어. 내가 조만간 한턱 쏠 테니까 그때 보자구."

그렇다. 결과를 의심치 않고 최선을 다하는 것. 그게 구원의 개념이라는 것을. 그럼에도 후에 의사가 된 김 선배는 떡하니 그의 사주팔자에 버티고 있는 망신살을 피해갈 수는 없을 것이다. 다양한 일들로 마음과 몸이 망가진다는 망신살. 혹시 수술을 마치고 환자 배 속에 가위를 넣고 봉합하려나…….

제11장

그녀의 출생의 비밀

Mind Theraphy

35

마침내 집 주소로 찾아가 본 그녀의 집. 뭐가 아쉬워서 수도자의 아내인가. 아직 그녀의 집이란 근거는 없지만.

'으리으리한 대저택이었다.'

이런 집에 살면서 뭐가 아쉬워, 장난하는 건가? 수도자의 아내가 되려는 건 돈이 너무 많아서 재미 삼아? 아니면, 이 저택에 하녀나 집사의 딸? 그래도 이상하지 않나? 스스로 자문자답하고 있었다.

수도자의 아내가 되고 싶은 이유들이 이래저래 도저히 납득이 되지 않았다. 아마 재개발로 그녀가 살던 집은 없어지고, 이곳에 새로운 집들이 들어섰다는 생각마저 들었다. 이렇게 생각들이 끊임없이 덧붙여졌다.

모든 게 오래전 일이 아닌가? 시간이 흐르면서 공간도 바뀌고 변하며 없어지기도 하고 새로 생성된다. 대부분의 사물과 일들이 그렇다. 나는 저택의 큰 대문 앞에 멈춰 섰다. 저택답지 않게 문패는 어디에도 없었다. 단지 문 앞에 CCTV가 날 노려보는 듯 날 겨냥하고 있었다. 용기가 필요했다. 잠시라도 생각을 멈춰야 했다. 수도원 신학교처럼 저택의 높은 벽들이 날 에워쌌다.

벨을 눌렀다. 아무 대답 없이 문이 열렸다.

'이게 뭐야? 내가 누군지 신원이라도 확인해야 하는 거 아니야.'

저, 멀찍이 노파 그림자가 드리워졌다. 노파 같았지만 젊어 보였다.

"기자님이 여긴 어떻게 오셨나요? 보도 자료를 보내드렸는데, 직접 확인하려고요?"

그 노파는…… 우리 신문사를 후원하고 있는…… 최성희 대표였다! 보도 자료와 사진만을 갖고 기사를 쓰다 보니, 첫눈에 그녀를 알아보기 힘들었다.

"대표님이 여기서 사세요?"

"그걸 저에게 물어보시면……. 보도자료 때문에 취재차 여기 오신 게 아니었나요?"

"그게 아니라……, 한…… 지…… 아……라고 여기 사는지 궁금해서입니다."

"지아요?"

최 대표는 '지아'라는 이름이 낯설지 않은 것 같았다. 편히 그녀의 입에서 자연스레 흘러나왔다.

“네, 지아요. 아는 이름이신가요?”

그녀는 내 대답에 시큰둥한 표정을 지었다. 못마땅한 눈치를 쉽게 드러냈다.

“그게 왜 궁금하신지? 그건 예전에 보도하지 말라고 재차 제가 말했는데. 맞다. 이번에 새로 온 기자이셨지. 절 봤죠? 보름 전인가, 신문사에서?”

난 그녀의 긴가민가한 물음에 고개를 약간 앞으로 숙이는 것으로, 대답을 대신했다. 우리 신문사를 비중 있게 후원하는 광고주이다 보니 예의를 지키는 게 도리일 듯싶어서다. 아무것도 아닌 것들이 복잡하게 얽혀가고 있는 듯했다. 최 대표는 귀찮아하며 말을 이어가려는 표정을 지었다. 그 짧은 시간에 저 멀리 누군가 현관문을 반쯤 열고 우릴 지켜보고 있는 게 아닌가? 그러더니 그녀를 부르는 것 같았다.

“여보, 누구지?”

내 귀엔 이렇게 큰 소리로 울렸다. 최 대표가 말하려고 뒤돌아서려는 그 순간마저 조바심이 났는지 그는 현관문을 활짝 열고는 지팡이를 한 손으로 디뎌가며 문 앞 계단을 천천히 내려왔다. 여비서도 뒤따라 급히 내려오는 게 내 눈에 잡혔다.

‘그는 한광훈 회장이었다.’

대기업 시너지소프트 회사를, 그것도 혼자 손으로 일궈 재계 일 순위로 올려놓은 인물이다. 2년 전인가? 한 회장이 다시 재혼했다는 소문이 있었다. 그 상대가 최 대표인지는 기자인 나 자신도 알기 어려웠다. 나이 차이가 있어 보였다.

‘거의 20세 정도 차이가 나나?’

나도 모르게 중얼거리며, 내 주머니에 처박아 놓은 신문사 기자 사원 카드를 꺼내어 목에 걸었다. 언론 취재를 승인한다는 프레스 카드 역할을 나름 하니까. 사람 찾다가 내가 여기서 뭘 하게 되는지 급박한 상황 전개를 스스로 적응하려 했다. 내 손끝이 나답지 않게 바르르 떨려왔다.

한 회장의 여비서가 나에게 가까이 오려 했다. 나로 인해 최 대표, 한 회장 그리고 수행 비서가 동요하며 움직이고 있는 것이다. 이들은 언론에 주목받는 거물급임엔 분명했다.

‘긴장하지 말자, 채윤아.’

내 마음속에 연거푸 외쳐댔다.

한 회장의 뒤엔 또 누군가가 있어 보였다. 조심스럽게 움직이는 작은 물체나 생명체 같았다. 그의 등 뒤에 숨어 있다가 그를 쫓아 계단을 재빨리 내려오는 작은 생명체, 그건 꼬마 아이였다. 그 아이가 내 눈에 들어왔다. 대여섯 살쯤 되어 보였다.

그 작은 아이가 나의 두 눈을 유심히 보는 듯했다. 나에게 가까이 다가왔다. 내 목에 걸린 기자 사원 카드를 보고는 눈물을 글썽거리며 입을 열었다.

“아저씨! 아저씨가 채윤 아저씨예요? 우리 엄마가 아저씨 졸업 사진을 보면서 맨 날 우셨어요.”

“꼬마야, 그게 무슨 말이지? 네 엄마가 누구니? 이름은?”

“지아요. 한…… 지…… 아.”

한지아. 그녀가 사는 집이 틀림없어 보였다. 최 대표의 눈은 내 눈빛을 살피느라 정신없어 보였고.

그런데 도대체 왜 그녀가 단지 동창이었던 내 앨범 사진을 보고 울었는지 영문을 알 수가 없었다. 짐작조차 할 수 없었다. 수도원 아내가 꿈이라고 졸업 앨범에 적은 그녀. 이것밖에는. 그녀의 생일이라도 알면 무언가가 풀릴지도 모르겠지만 말이다.

어두커니 날 바라본 한 회장이 나에게 먼저 말을 거는 듯했다. 그의 입이 떨어지려 할 때, 내 오른쪽 바지 앞 호주머니에서 무섭게 휴대전화 벨이 울려댔다. 이 집 대문을 열고 들어올 때, 벨을 진동에서 무음으로 바꾸려던 게 벨소리로 바꿨던 모양이다. 그것도 크리스마스 캐럴 송으로. 이 중요한 순간에 말이다. 나 자신이 싫어져 머리를 좌우로 흔들어댔다.

나의 상관 편집장이었다. 무의식적으로 통화 버튼을 눌렀다.

36

버튼을 누르자마자, 욕설에 가까운 편집장의 고함 같은 큰 목소리가 비명처럼 내 귀를 팍 찔렀다.

"네가 거기에 왜 갔어! 거긴 네 출입처도 아니잖아! 이놈의 자식이. 지금 당장 죄송하다 말하고 인사드리고 얼른 처 나와!"

나는 왜 편집장에게 이런 말들을 들어야 하는지, 내가 여기에 온 걸 편집장이 어떻게 알았는지, 모든 게 신기하고 궁금증만 자아냈다.

나로선 무슨 영문인지도 알지 못한 채, 위압감에 편집장 말대로 죄송하다며 인사를 드리고 뒤돌아 나올 수밖에 없었다. 이미 대문밖엔 나를 어디론가 데리고 갈 검정색 관용차 유형의 세단이 대기하고 있었다. 작은 아이만 나지막이 울어대는 소리만 멀찌감치 들려올 뿐이다.

최 대표는 내가 대문 밖으로 천천히 걸어 나가자 머리가 백발인 보통 체구의 운전기사에게 편히 모시라 하는 말을 건넸다. 그러더니 나에겐 조심히 가시라는 말을 간단히 남기고…… 저택의 대문은 굳게 닫혀버렸다.

"채윤 기자, 오늘만큼은 채윤 군이라고 부르겠네. 말을 낮추려고 하는데 괜찮겠는가?"

백발의 운전기사는 백미러를 보며 뒷좌석에 있는 나에게 말을 걸어왔다. 초면에 실례라고 여기기에는 나이가 많아 보였다. 나의 아버지가 살아있었다면, 엇비슷할 나이였다.

"제가 30대를 바라보고 있지만, 아직 어립니다."

나는 이 말만 간단히 남기고, 아무 말도 하지 않았다. 어떤 말도 하고 싶지도 않았다. 하지만 궁금한 게 많아 더 이상 참을 수가 없었다.

"저, 제가 왜 이런 대접을 받아야 하는 건가요? 쫓겨나다시피 이렇게 ……. 근데 도대체 중학교 동창인 한지아가 뭐 이리 절 피곤케 하는 건가요? 직장 상사도 얼른 뛰쳐나오라는 고함을 지른 적도 거의 없었는데 말이죠."

"지아 아가씨가 채윤 군의 동창인 건가? 복잡하게 된 거였군. 어릴 때부터 봐왔지, 지아 아가씨를. 난 이 집에 믿을 만한 집사 아닌가."

백발의 이 아저씨는 지아의 모든 것을 알 수 있는 나의 취재원이었던 것이다! 그리고 그는 낯익은 길로 날 안내하는 듯했다.

"그런데요, 저기요."

"말하게나, 채윤 군."

"근데 아까 그 꼬마. 지아의 아들 같던데요. 왜 자꾸 우는 건가요?"

"아니, 기자라는 양반이 그걸 몰라서 묻는 건가?"

"제가 작은 신문사에서 있다가 와서요. 거기선 거의 통계나 여론조사 정리나 한 정도라서. 그런데 지금도 홍보용 보도 자료나 정리하는 신세입니다."

"그래도 그렇지, 지아는 그 꼬마를 나은 후, 얼마 있다가 우울증마저 극심해지면서 자살했어! 이건 누구나 아는 내용인데?"

난 그의 말을 듣고 진짜 귀신에게 홀린 것처럼 아무 생각도 나지 않았다. 기자인 나만 모르고 있었다니!

백발인 그가 날 내려준 곳은 다름 아닌 우리 신문사 앞길 모퉁이였다. 나는 그의 말에 고마움을 표현했다. 뒤돌아서서 무의식적으로 옮긴 발걸음은 회전문이 있는 신문사 정문이었다.

신문사 건물 엘리베이터를 타지 않고 비상구 계단으로 편집국 4층으로 걸어갔다. 편집장을 만나기 전에 최 대표 집에 가게 된 동기를 어떻게 말할지를 생각할 게 있어서다. 괜히 편집장과 별것도 아닌 이유로 충돌할 필요가 없지 않은가? 그래도 언론사 대선배 아닌가?

3층으로 오르는 계단에서 담배 연기를 내뿜는 소리가 들려왔다. 그러고는 "네네."라며 휴대전화에 대고 응답하는 편집장. 그의 그다음에 이어지는 말들이 고스란히 내 귓가로 운명처럼 들려왔다.

"네, 알겠습니다. 지아가 자살한 걸로 몰고 가라는 거. 유념하겠습니다……. 잘 안 들리는데…… 신입 기자 단속하라고요? 그놈은 왜 거길 갔는지. 근데, 편집장인 나로선 후임 기자들을 다루는 게 참 어렵습니다. 요즘 신세대들은 참 말을 듣지 않아서. 우리 신문사에선 그때 교통사고로 호외를 냈었는데? 어쩌죠?"

편집장이 누구랑 통화를 하는 거지? 지아의 자살? 교통사고? 이게 아니란 말인가? 집사는 또 뭔가 결국 거짓으로 여론몰이하는 '바람잡이'인 건가? 썩은 시체 냄새가 진동하는 영혼들이었다. 호외? 우리 신문사에 호외가 있었다?

2층에 있는 데이터뱅크국, 과거 기사들이 보관된 자료실로 나는 급히 발길을 돌렸다. 내 휴대전화엔 아침부터 받지 못한 칵테일 바의 그녀의 전화가 네다섯 통이나 되어갔다.

"이렇게 바쁜 와중에 뭔 전화야!"

나도 모르게 예민해지면서 화가 치밀어 올랐다. 홧김에 칵테일 바의 그녀에게 통화 버튼을 누르자마자 쏘아붙이고 말았다.

"오늘만 내가 오빠의 더러운 성질을 참아야지. 성질 좀 죽이고, 내 말 좀 들어 봐."

"내 성질이 더럽다고? 내가 오죽하면 그러겠니. 나 지금 바쁘다니까. 나중에 말하면 안 되겠어? 네가 말해준 순금으로 만들어진 등불에 적힌 암호…… 알고 보니 너에게 찾아온 수도자를 사랑한 그 여자가 맞아."

"정말?"

"근데 죽었대. 자살인지 교통사고인지. 뭔가 조작된 느낌이야. 그만 끊는다!"

"말도 안 돼. 잠시만. 딱 1분만! 아빠가 아침 일찍 돈이 필요해서 자전거에서 순금 등불을 떼서 금은방에 가 팔려고 가져갔는데, 나도 호기심에 같이 따라갔어. 금은방 주인이 무게를 재려고 불필요한 전선 유리 등을 다 분해했거든. 거기서 또 뭔가 나왔어. 오빠에게 단서가 될까 해서. 메일이나 문자로 보내줄까. 오빠 휴대전화로 확인해보라고. 알았지?"

"알았어. 나 정말 바쁘거든! 다음에."

내 마지막 말이 전해지기도 전에 전화는 끊어졌다. 문자 알림음이 진동으로 내 손안에서 바르르 떨렸다. 아마 칵테일 바의 그녀가 보내준 문자일 것이다. 나는 지아의 죽음이 몹시 궁금해졌다. 칵테일 바의 그녀가 준 문자가 무엇일지는 나에겐 뒷전인 셈이다.

데이터 뱅크국에 가자마자 호외로 나온 신문을 찾았다. 이건 어렵지 않은 거였다. 우리 신문에선 유일한 호외였던 것이다. 마치 자랑스러운 업적처럼 데이터 뱅크국 중앙 유리 부스에 전시되어 있었다니. 이게 왜 평상시에는 내 눈에 들어오지 않은 걸까? 인간의 인식이란 건, 아는 것만큼, 관심 있는 것만큼 사물을 인식한다는 것. 관념론이란 게 이런 거였다.

호외 1면 큰 제목이 한 회장 막내딸 교통사고였다! 교통사고가 일어난 그곳은 과거 로마제국 영토인 갈리아!

지금은 프랑스가 이 지역을 공유하고 있을 것이다. 한 비주류 신학자의 예수가 십자가에서 죽지 않고 망명했다는 그곳, 부활론을 의심한 미친 신학자의 사변이 물씬 풍겼던 그곳이란 말이다!

고등학교 시절 친했던 나의 갈리아가 회상됐다. 자세히 읽어보니 한지아는 이곳 마르부르대학에 유학 시절 자전거로 통학하다가 한 자가용에 충돌하여 왼쪽 뇌와 얼굴 안면을 크게 다쳐 사경을 헤매다 목숨을 거뒀다는 기사 내용이다.

기사 맨 마지막엔 흔히 언론학에선 보족어라고 일컫는데, 자살의 의혹도 여전히 있다는 말로 맺었다. 취재가 덜 되어 있는 기사인 데다가 문맥도 전혀 맞지 않은 기자의 논평도 실려 있었다. 나도 모르게 욕이 입 밖으로 나오는 걸 가까스로 참아냈다.

이 기사를 쓴 기자는 나의 캡틴 편집장, 박철. 오늘만은 편집장과 마주치고 싶지 않았다. 그는 기자가 아니다. 세상을, 그리고 사회를 비판할 자격이 없는 사람이다. 어찌 보면, 그는 불쌍한 사람이고 가엾은 영혼인 것이다. 내가 세상의 철부지가 아니라는 말이다!

그의 호외 기사는 내가 바로잡아야 했다. 고인의 죽음의 진실을 알기 위해서라도 취재를 다시 해야만 하는 게 언론인의 양심이고, 의무가 아닌가.

37

칵테일 바의 그녀 문자 메시지가 확인되지 않은 채 일정한 시간 간격으로 내 바지 호주머니 속에서 지속적으로 바르르 떨려왔다. 그렇다. 나에겐 생각의 전환도 필요했다. 삶의 본질에 가까이 가기 위해선 앎의 지평도 넓혀줘야 하고, 여러 정황도 고려해야 하니까.

그녀의 문자를 열어 보기 위해선 오른손 엄지손가락으로 눌러야만 했다. 다른 손가락으로 누르거나 하면, 불길한 징크스처럼 날 괴롭혀왔다. 즐거운 일 등등의 문자를 확인할 때 난 오른손 엄지손가락으로 확인해 왔던 것이다. 늘 난 그래 왔다.

문자 제목은 뜻밖에도 '자살론'이었다. 아니, 이 글이 순금으로 만든 등불을 분해하다가 나왔다니 의심스럽기도 하고 신기할 뿐이다. 그래도 엄지손가락으로 확인했으니 최소한 불길한 일이 아닐 것이라는 믿음이 날 지배하길 바랐다.

학창시절에 대학에서 배운 사회학자 뒤르케임의 이기적, 이타적 그리고 사회 심리적으로 고립된 아노미적 자살론을 본뜬 제목이라서 유치하기도 했다. 내 얼굴에 실소가 퍼져나갔다.

'자살론'

저는 항상 자살을 생각하며 산답니다. 세상이 고통스럽기 때문일까요? 그보다 내 마음이 아프고 내 몸이 지쳐가니까 그렇겠죠.

거절 상실 궁핍 사고, 이것들과 항상 마주치고 산다 해서 자살하고 싶은 걸까요? 그보다, 면역력이 없어서겠죠. 사회적 면역력이요.

남들보다 나 자신이 더 고통스럽고 아프다는 생각, 그리고 태어나길 남들보다 못하다는 생각, 핑계 대지 말라는 말에 분노가 치밀어오르기도 한답니다.

실제로는 어떨까요? 고통 아픔이라는 지수라는 게 있다면요. 저는 공부를 하려면 먼저 많은 잡념과 싸우는 것부터 시작돼요.

중학교를 마치고 고등학교 과정도 급하게 끝낸 특별한 나. 남들보다 이삼 년 앞서 갈리아로 가 대학 공부를 하고 있는 특이한 나. 하지만 억지로 급하게 한 대가가 교통사고로 나의 얼굴은 망가져 또 다른 나의 얼굴로 재탄생해야 하는 걸까?

대부분의 일들이 쉽게 이뤄지는 게 없다는 거예요. 자살을 생각하는 사람들, 이 세상을 살아가는 것보다 죽는 게 더 낫다는 생각이 들 때겠죠. 세상 탓보단, 내가 남들보다 더 고통스럽고 아프니까.

그런데 죽는다는 거, 결국 살더라고요.

나의 고국으로 가고 싶다.

지아.

'그렇다. 그녀는 살아있을지도 모른다.'

38

문자를 다 읽고 나니, 편집장의 호출이 이어졌다. 마치 누군가가 애써 짜놓은 각본처럼 말이다. 얼른 편집국으로 오라는 문자 내용이다. 내가 신문사 안으로 들어온 사실을 최 대표의 백발 운전기사에게 들은 모양이다.

편집장을 피할 수 있는 길이 없어 보였다. 부딪힐 수밖에 없었다. 거리상으로는 한 층인데, 왜 이리 오늘은 멀리 느껴지는지. 이럴 때일수록 내면을 가리면 된다. 흔히 이를 '포커페이스'라고 하지.

예전처럼 별일 없는 듯 편집국으로 올라갔다. 그리고 내 자리를 찾아 앉았다. 여느 때처럼 의자를 책상에 바짝 붙여 노트북 컴퓨터의 모니터를 들여다봤다. 이리저리 취재거리도 검색해 가면서. 나를 힐끗 쳐다보는 편집장의 눈길이 읽혔다. 이상하게도 나에게 아무 얘기를 하지 않는다. 왜일까?

그는 태도를 바꿨다. 다른 기자들을 한둘씩 불러 기사를 이렇게 써라 저렇게 써라 지적하는 모습을 보였다. 이렇게 시간을 보내려나?

'나를 왜 소환했는지. 그렇다. 그도 명색이 언론인인데 양심은 있는 거겠지.'

거꾸로 내가 먼저 편집장에게 천천히 걸어가 말을 붙였다.

"아까는 내가 죽을죄를 지었네요. 제 취재 출입처도 아닌데, 최 대표를 찾아간 거요. 근데 그게 아니라, 제 동창 집에 간 겁니다. 이렇게 될 거라고는……. 제 출입처도 아니니 앞으론 안 가면 되는 거고요."

"동창 집? 그러면 지아가 네 동창인가? 아니다, 아니야. 다 지나간 일이고, 지아는 갈리아에서 교통사고로 죽었어. 유감이구만. 친했나?"

편집장은 호외 기사대로 교통사고사로 일관했다. 조금 전엔 분명히 자살로 몰고 가라는 누군가에게 지시를 받은 것 같은데. 내가 데이터뱅크국에 가서 호외 기사를 확인한 것을 편집장이 냄새를 맡았다는 느낌이 짙게 들었다.

"아까 최 대표의 차를 타고 여기에 왔는데요, 운전기사는 지아가 자살했다고 하던데요?"

"자살이라는 의혹이 있는 거지. 그 운전기사는 최 대표 집의 집사야. 그 집사가 뭘 알겠어? 자살이라고 해야 이 일은 일단락되는 거잖아. 맞아 안 맞아? 사건 수사도 오래전에 종료됐고."

편집장은 돈 되는 기사를 물어오라고 다그칠 생각으로 짜증 섞인 말투로 내뱉은 게 분명하다. 그러고는 내 예상대로 말을 이어갔다.

"그리고…… 채 기자, 기사 될 만한 건, 물어왔나? 좀 찾아봤어?"

편집장의 말들은 빈틈이 많아 보였다. 이렇게 논리적으로 몰고 가면, 백발 운전기사의 말을 들은 것도 아니고, 기자의 양심도 지킨 것 같잖아.

결국, 지아의 죽음은 교통사고든 자살이든 어차피 그녀는 이 세상엔 존재치 않은 거니까. 하지만 교통사고로 몰고 가면 원한이나 음모론이 일어날지 모르니 자살로 확정해야 뒤탈이 없을 거라는 게 최 대표 측의 입장일 것이다. 이게 기자의 직감이다. 뭔가 케케묵은 냄새가 진동하고 있는 거였다.

나는 은근슬쩍이라도 이 말만은 편집장에게 묻고 싶었다.

"지아의 시체를 본 적이 있나요? 죽었다면 봤을 거 아니에요?"

갑자기 편집장의 미간이 일그러졌다.

"내가 검사야? 내가 과학수사관이냐고? 우린 보도자료 주는 대로 믿고 쓰면 되는 거라고!"

이 말에 사회부 인권부 기자들이 편집장을 하나둘씩 쳐다보는 싸늘한 눈길이 느껴졌다. 서로의 대화는 한 접점에서 막히고 말았다. 진실은 이렇게 가려졌던 거다. 더 이상 언론도 관여할 이유를 찾지 못했던 것이고. 바빠서인지, 아니면 사회적 역할을 서로 미뤄서인 건지, 그건 어떤 누구도 답할 수가 없는 모양이다. 오로지 광고 수익 때문이라고 보긴 어려운 영역이 언론에선 존재한다.

"편집장님, 오늘은 제가 몸 상태도 별로 안 좋고 해서요, 이만 퇴근하면 안 될까요?"

이런 불편한 상황에선 내가 할 수 있는 유일한 말이었는지 모른다. 당연히 편집장도 나의 말에 뒤돌아 앉고 말았다. 서로 자극해선 안 됐던 것이다. 세상일이 다 그렇겠지만, 경영 관리하는 사람과 직원들과는 다른 입장을 갖는다. 캡틴으로서, 일개 기자로서 이들은 서로 다른 존재다. 단지 진실이란 양심을 공유하지만, 이를 추구하는 방법과 과정은 차이가 크다. 이걸 입장의 간극 혹은 차이라고 부른다.

편집장이 뒤돌아 앉아 나에게 던진 말이 있다. 나의 눈과 마주치고 싶지는 않은 모양이다.

"내가 바보 같나? 내가 양심이 없다고 판단되나? 자리가 생각을, 그리고 관점을 만들고 가치를 만들어. 너만이 맑은 영혼이 있다고 착각하지는 말게. 내가 이 자리에 있는 건 정확한 날짜, 시간에 너희들의 기사를 송고하는 거야."

그리고 잠시 침묵이 흘렀다. 내 대답을 기다린 걸까. 내가 동조하길 원한 걸까. 그는 내 반응이 없자 말을 이었다.

"너희들이 월급을 제때에 받게 하려는 그 하나의 자리일 뿐이야. 진실? 나도 기자만 할 땐 그것 때문에 괴로워한 적이 한두 번이 아니야. 죽을 뻔한 적도 한두 번이 아니야 여러 번 있었다고. 심층 취재하다가 …… 너희들은 고문당한 적이라도 있나?"

나는 이 말에 할 말은 많다. 나의 아빠도 기자 시절 고문을 당했었지. 편집장의 말은 무슨 의미인지는 나도 안다. 모두가 무죄일지도 모른다. 그래도 나에겐 궁금한 게 하나는 남는다.

지아가 자살했는지, 교통사고사인지, 어떻게 죽었는지 그게 아니다. 나는 그녀가 살아 있을지도 모른다는 한 가닥의 희망이 날 움직이게 하고 있는 거다. 진실 찾기는 이렇게 시작될 수밖엔 없다. 처절하게 간절한 누군가에게로부터.

편집장은 또 한 마디를 더 덧붙였다.

"오늘은 푹 쉬고, 내일 보자. 날 너무 미워하지는 말고."

이렇게 갈등은 해소되고 있는 것이다. 항상 그래 왔던 것처럼.

39

내 심신이 지쳐갔다. 내 고양이 말롱이에게 밥도 줘야 하고, 어제 갈치 요리하다가 남은 걸 주면 된다. 요 녀석은 늙어가고 있어 잘 챙겨줘야만 한다. 나의 엄마도 세월을 거스를 수는 없을 거다. 그런데도 내가 직장을 다닌 들 잡부의 일이 천직이라며 일에 손 놓을 줄 모르신다.

오늘따라 나의 몇 안 되는 가족이 내 머릿속에 그려지는 걸 보면, 예민해지면서 나 스스로 감성에 젖어드는 거. 난 신문사에서 제공된 취재 차량을 끌고 집으로 향했다. 내일은 신문사에 직접 가지 않고 과천정부청사에 가서 브리핑을 들어야 하기에.

대중교통에 익숙해 있는 난 이 취재 차량이 불편하다. 홀로 몇 평도 안 되는 공간에 음악이 전부다. 차량밖에 보이는 모습은 앞차와 아스팔트 길, 그리고 가끔 보이는 가지가 다듬어 잘린 인공적인 가로수. 정겨운 은행나무는 열매 냄새가 고약하다며 사라진 지 오래다.

그리고 주차공간이 부족한 날이면, 자동차를 접거나 축소해서 집 거실에 놓고 싶을 정도이니까. 누군가 이를 고안해 내기라도 한다면 주차공간도 해소될 뿐 아니라 카페처럼 자신만의 공간이 될 수 있지 않을까도 싶었다. 이렇게 내 안으로 상념에 빠져들 때면, 영락없이 날 괴롭혀오는 게 있다. 내 바지 앞 호주머니 휴대전화에 갑작스럽게 울리며 떨려오는 진동음이다. 분명 내가 퇴근한다고 말하지 않았는가? 칵테일 바 여자애면, 확 내질러야겠어.

그런데 휴대전화 배경화면에 떠 있는 이 번호는 우리 신문사에 사회부 이정국 기자의 전화였다. 내 대학 동기였다. 나와 성적 장학금을 두고 경쟁했던 학과 동기.

"너 요즘 날 아는 척 잘 안 하더니, 웬일이야? 전문지 기자 출신이라고 우습게 보지 않나. 너 혼자만 행복한 거 아니냐."

난 동기한테는 이렇게 날 비하하며 전화받는 습관이 있다. 좋지 않은 버릇인지도 모른다. 단지 어색한 분위기가 싫어서일 거다. 그러면 동기들은 "알았어, 잘할게."라는 말로 재밌어하며 통화가 이어지게 된다. 나는 이걸 즐긴다. 그런데 이번엔 그렇지가 않았다.

"장남 좀 그만 치고. 내가 너에게 말해줄 게 있어. 너 내가 이 신문사에 들어오기 전에 프랑스에서 예술학으로 전공을 바꿔 공부했던 거 알아?"

"오, 부자군. 이 기자."

난 장난을 멈추질 못했다.

"제발 오늘만은 장난 좀 그만하고! 진지하다고 내가."

"알았어. 뭔데? 내가 오늘만은 봐주지. 하하."

동기는 내 장난이 의미 없어 보였나 보다. 나의 안 좋은 버릇이 그를 자극한 것이다. 그래도 그는 말을 이어갔다.

"그때 예술학이 전망이 없어 보여 연출도 해볼까 해서 연극이론도 전공했었어. 근데 거긴 한국에 내놓으라는 부유한 학생들이 많더라. 그들이 부럽기도 했지만 난 알바하면서 유학생활도 해야 하는 형편이었지. 그래서 내가 찾은 게 이 신문사에 유럽 통신원이었거든."

나는 순간 깜짝 놀랐다. 이 친구가 이런 경력이 있을 줄이야.

"그런데?"

내 말은 진지함으로 돌변해 갔다.

"유럽 통신원 할 때야. 교통사고가 일어났고. 부잣집 딸내미가 얼굴을 크게 다치는 사고야. 자전거와 급히 달리는 한 검정색 자가 차량. 편집장에게 즉시 알렸어. 그 부잣집 여자애는 급부상하는 시너지소프트의 한광훈 회장 딸 유학생 한지아라고. 교통사고로 지금 병원에 실려 갔다 했지."

난 숨이 한순간 멈춰왔다. 이 기자 말에 칵테일 바의 그녀가 문자로 보낸 '자살론'의 글이 떠올랐기 때문이다. 기침을 크게 여러 번 해댔다. 그리고 진정해야 했다.

"난, 다른 거 관심 없어. 너 사실대로 말해! 지아가 죽었어, 살았어? 시체는 봤어?"

난 전화기에 대고 소리를 질러대고 있었다.

"진정하라고! 진정을. 내가 뭐라고 했어. 얼굴을 크게 다쳤다고 했지? 죽었다고 했냐고. 시체? 당연히 못 봤지. 아니 없어!"

나는 내 동기 말대로 날 진정시켜야만 했다. 마음을 가라앉혀야만 했다. 시체가 없다는 말이 내 귀를 솔깃하게 했다.

"시체가 없다고? 죽지 않았다는 거야? 그러면 왜 우리 신문에다가는 교통사고사로 편집장이 기사를 쓴 거지?"

이 친구는 내 질문에 반박할 기세를 보였다.

"얼굴을 다친 그 회장 딸이 성형 수술을 받았겠지. 그 후로 병원에서 사라졌어. 내 짐작으론 그 딸은 자신의 목숨을 노린 그 차량의 타살 의도를 본 것 같아. 무서웠던 거지. 이 병원에 있다가 죽게 될지도 모른다는 생각……. 그 병원을 결국 어떻게든 탈출했다는 생각이 들어."

주절주절 늘어놓는 이 친구의 말에 꼬리를 무는 궁금증이 나에겐 계속 생겨났다.

"근데, 왜 교통사고로 죽었다고 기사를 내느냐 말이지. 내 질문에 대답을 하라고요! 그리고 최 대표 측에선 자살로 몰아가는 듯하고."

"그건 내가 이어서 말하려 했지. 기다려봐. 말을 끝까지 들으라고. 그 딸이 골칫덩어리라고 생각해서일 거야. 그 딸은 한 회장의 혼외 딸이니까. 그래서 회사 상속도 연루되니, 복잡해지는 거 아닐까? 그 딸 중학교 졸업 이후로 교통사고로 얼굴 성형이 서너 번 돼. 그때마다 병원을 도망쳐 나왔어. 그러다가 발각되면 겉으론 잘 해주지만, 끊임없이 주변에서 괴롭히고 죽이려 했던 거야. 집을 가출했다든지 말이 돌면 기업 이미지도 훼손되고 언론이 가만히 있겠어?"

난 서서히 무언가가 보이기 시작했다.

"그렇다면 지금은 지아가 살아있다는 말이야? 좀 알기 쉽게 설명해봐!"

동기는 나의 반복적인 질문에 짜증을 참아내면서 가만히 골똘히 생각에 잠기는 듯했다. 그러다가 입을 무겁게 열었다.

"내가 유럽 통신원 때야. 우리 가람대 의대 출신이 갈리아에 있는 한 병원에서 일했어. 회장 딸의 얼굴을 성형한 병원이 바로 그 병원이야. 우리 대학 출신 그분이 거기에 의사이면서 선교사였어. 그래서 내가 취재차 회장 딸 신변에 관해 물어본 적이 있지. 그분의 주장은 한인이 교통사고로 죽은 시체는 그때 없었다는 거야. 그리고 한 회장 딸은 성형 수술을 받은 후 그 병원엔 없다는 말만 했어."

지아는 살아있다는 말인가? 그래서 이름을 한 미치광이 신학자의 사변처럼 예수의 망명지 '갈리아' 혹은 '갈리아 리'라는 이름으로 날 다시 찾아온 건 아닌가? 나의 대답이 없자, 내 동기는 이렇게 말을 매듭지으려 했다.

"한 회장 딸은, 회장이 가장 아끼는 딸이라는 소문도 있어. 그래서 그녀를 도와주는 비서도 있을지도 몰라. 더욱 중요한 것은 한 회장은 딸에게 이렇게 문제들이 벌어질지 알았는지 거금의 수천억 대 유산도 미리 상속했다는 말도 있어. 살아 있을 거야. 이젠 네가 진실을 밝혀내야 할 차례가 아닌가."

"갈리아라는 곳은 프랑스를 말하는 거지?"

나의 이 말을 듣지 못한 채 그는 전화를 끊고 말았다. 나에게 전하려는 말을 다 전했다는 생각을 한 것 같다. 그렇다. 로마제국 시대의 갈리아는 지금도 같은 명칭 '갈리아'라고 부른다. 내 동기도 유럽에 있으면서 그리스인 유학생들과 자주 접해왔는지도 모른다. 그 말에 익숙해 있을 것이다.

그런데 내가 풀어야 할 과제들이 갑작스럽게 넘쳐나고 있었다. 지아가 아니, 갈리아가 살아 있다는 증거 자료는 미약하거나 없다고 봐야 한다. 이게 객관적인 상황이다.

맞다. 이건 쉽게 풀릴 고리가 있었다. 칵테일 바의 그녀 아버지가 운영하는 고물상을 찾아가면 되는 거다. 찾아가서 지아의 중학교 졸업

사진, 내가 알고 지낸 갈리아, 그리고 갈리아 리 등의 얼굴 모습에 대해 보여주고 말해주면 그만인 것이다. 바로 이거였다! 난 정말 바보가 아닌가?

곧바로 칵테일 바의 여자애에게 전화를 걸려 했다. 그러다가 전화 통화 버튼을 누르는 걸 멈췄다. '아빠의 고물상이 멀리 있었다면 그렇게 쉽게 고물상을 왕래하지는 않았을 것이다. 그리고 예전처럼 또 돈 벌기 위해 뭇 남자들과 몸 섞는 소리가 듣기도 싫었다. 나에 관한 얘기도 해가면서 말이지. 질투심인가. 내가 왜 이 여자애를……'

제12장

지하 벽의 파노라마 영상

Mind Theraphy

40

휴대전화기로 그녀의 로즌 칵테일 바 주변의 고물상을 검색해봤다. 하나가 있었다. 5키로 떨어진 금속재생 고물상이다. 지금 내가 있는 곳에선 10여 키로 떨어진 지점이다. 가속 엑셀을 밟아댔다. 오늘이 아니면, 내일부턴 편집장이 시키는 취재 하느라 정신이 없을 지도 모르기 때문이다. 지금 난 결과를 의심하지 말고 최선을 다해야만 했다!

찾아가는 길이 너무 가파르고 좁았다. 아스팔트도 이리저리 파헤쳐 있었다. 소규모 고물상이라는 직감이 들었다. 도착한 그곳, 고물상은 금속재생 고물상이라는 간판마저 거의 반쯤 떨어져 나간 허름한 창고처럼 보였다. 취재차량을 고물상 앞에 세우고 이미 열린 문으로 천천히 들어갔다.

아무도 없었다. 저 멀리 회색빛 나는 쥐 한 마리가 날 보더니 기겁하여 도망가는 게 전부였다. 뒤를 돌아보니, 고물상으로 들어온 입구 위엔 플래카드가 길게 걸려 있었고, 한 문구가 그 긴 폭에 가득 차게 적혀 있었다.

'일방적인 철거 재건축 서민을 말살한다!'

여긴 재개발지역이었던 거다. 한마디로 로즌 칵테일 바 근처엔 고물상이란 없다.

"나를 속이다니! 이 오빠를 갖고 장난쳐!"

난 화가 머리끝까지 올라와 주체할 수 없었다. 주저 없이 칵테일 바의 여자애에게 전화를 걸었다. 그녀가 전화를 받으며, 내뱉은 첫마디가 내 예상과 일치했다.

"오빠가 갑자기 전화를? 일은 잘 해결됐고?"

침대 위 같았다. 늦은 저녁도 아닌데, 남자의 목소리가 그녀의 전화로 새어 나왔다.

"누구야? 지루한데 음악 좀 틀지."

그녀는 옆에서 말하는 남자를 무시하는 듯했다.

"근데, 거긴……."

그녀의 나지막한 목소리가 들려왔다. 그녀는 내가 어디 있는지 아는 눈치였다. 나를 미행하고 있는 건가? 누굴 시켜서?

"오빠, 나중에 다시 전화하면 안 될까? 손님이 와 있어서……. 근데, 지금 전화 거는 데가 어디지? 혹시 거기…… 금속재생 고물상이야?"

그녀는 신기하게도 내가 어디서 전화를 거는지 정확히 알고 있는 듯했다.

"널 날 미행하고 있었어? 여기가 어딘지 어떻게 알았지! 너 날 속여! 여긴 네 아빠 고물상이 아니잖아! 폐업했고. 그것도 아주 오래전에. 날 갖고 놀아. 날 사기 칠 생각을 했냐고!"

그녀는 나의 화난 이 말에도 아랑곳하지 않고, 망연자실하듯 소리를 쳤다.

"오빠 위험해 거긴! 피해 얼른!"

그녀는 나처럼 소리를 질러 댔다. 전화선을 타고 나오는 남자의 목소리는 "귀찮게 시리, 전화 끊어."라는 말들이 흐느적거리더니 마치 녹음기 마냥 칙칙거리며 끊어졌다.

"내가 왜 피해야지?"

내 말에 그녀는 머뭇거릴 생각조차 하지 않았다.

"얼른 피하라니까. 그건 내가 나중에 말해줄게. 그 취재 차를 빨리 타, 내 말대로 하라고. 조금이라도 늦으면 오빠가 죽을지도 몰라."

"내 차가 보여?"

"그만 묻고, 제발 빨리!"

난 무슨 영문인지도 몰랐다. 그녀에겐 내 질문에 대한 답변이 의미가 없어 보였다. 난 뒤돌아서자마자 차로 뛰었다. 문을 열고 시동을 걸었다. 그때였다. 어디선가 총알이 내 차 앞유리 오른쪽 위 구석을 맞고 튕겨 나갔다.

하지만 총의 괴성은 어디에서도 들리지 않았다. 순간 죽음의 공포가 밀려왔다. 난 후진하다가 다시 왼쪽으로 핸들을 꺾었다. 내가 어느 길을 선택해 이곳을 빠져나갈지는 내 머릿속엔 없었다. 또다시 총알이 차량의 헤드라이트 어딘가를 맞춘 것 같다. 난 다시 그녀에게 전화를 걸 수밖에 없었다.

"총알이 날아와."

"알아, 보고 있어. 미안해. 나 때문에……."

"뭐라고? 내가 보인다고?"

"거기에 내가 감시 카메라 CCTV를 설치해 놓았거든. 이유는 나중에 말해줄게. 날 믿고 지금부터 내가 시키는 대로 해 알았지. 오빠가 몰고 온 게 취재차량이라 기자라고 생각하고 위협사격만 하는 것 같아."

"이게 진짜 총이었다니."

나도 모르게 혼잣말이 나오고 있었다.

"먼저 오빠가 고물상 정문 안으로 들어와. 넓은 마당 보이지? 그다음엔 고물상 건물 안으로 차를 넣어. 1층에 원형 모양선 안으로 차를 주차해. 빨리 서두르라고! 늦어질수록 그 차량은 총알에 이리저리 깨져 남아나지 않을 거야."

"알았어. 그다음엔 내가 어떻게 해야 하지?"

"그다음은 내가 알아서 해. 걱정하지 마."

지금은 어쩔 수 없었다. 그녀가 하라는 대로 하는 수밖엔 없었다. 이런 일들이 왜 일어나는지 난 궁금했지만 내가 오늘 죽느냐에 봉착할 줄은 생각조차 못 했다. 오늘따라 새벽엔 꿈도 꾸지 않았다. 꿈을 꿔야 해석도 되고, 대비도 했을 텐데. 마음의 준비라도 말이야.

총알이 하나 더 날아왔지만, 내 차량을 빗겨 나갔다. 위협사격이 확실했다. 또 저 멀리서 날라 온 총알 하나는 내 오른쪽 백미러를 박살 내며 그대로 날아가 버렸다.

난 그녀의 말대로 고물상 건물 안으로 차를 몰아 원형 모양 선에 내 차를 재빠르게 정확히 주차했다. 그다음부턴 위협사격이 사라지는 듯했다. 그러고는…… 내 차는 서서히 아래로 조금씩 가라앉고 있었다. 내 몸과 함께.

41

계속해서 내 몸은 차와 함께 가라앉고 있었다. 빌딩이라면 지하 3, 4층까지 내려앉는 느낌이다. 두려웠다. 마치 밀림의 늪처럼 밑으로 한없이 빠져드는 그런 떨리는 무서움이었다.

그러다가 차체의 네 바퀴가 동시에 바닥에 닿는 것 같았다. 온 사방이 캄캄했다. 내가 총알 세례를 받을 때, 죽을지도 모르는 그 상황에서 신분도 출신도 모르는 그 칵테일 바의 여자애 말밖엔 믿을 게 없었다. 그래도 난 마구잡이로 갈겨대는 총알을 피했고, 어딘지도 모를 이 어두컴컴한 곳에 있게 된 것이다.

칵테일 바, 고물상, 문자들, 순금의 작은 등불……, 이 모든 것들이 날 위기로 내몰았다. 심지어 극한 죽음에 직면하게 된 건 사실 이름도 모르는 칵테일 바의 그 여자애였다는 생각에 화가 또 머리끝까지 치밀어 올랐다.

'내가 쓴 칼럼 기사를 보고 덮어 버리면 될 것을, 나에게 연락은 왜 하냔 말이야!'

나는 더 이상 화를 참을 수 없었고, 억누를 수도 없었다. 견디기 힘들었다. 전화로 그녀에게 소리를 내지르고 싶었다. 하지만 그것도 잠시 드는 생각 정도에 그치게 하는 일들이 터져 나오기 시작했다. 빛 하나 없는 이 지하 속 천장에 있는 작은 등불에 하나둘씩 불이 들어오고 있는 게 아닌가!

그제야 지하 속이 튜브 같은 통로로 되어 있다는 게 인식되면서 내 눈에 확 들어왔다. 통로 폭이 좌우, 그리고 위로 10미터에서 15미터 정도 되어 보였다. 정사각형 공간의 튜브, 이걸 누가 만들었단 말인가? 공사비만 해도 꽤 들었을 듯싶었다.

그게 내 앞에 쭉 펼쳐져 있는 것이다. 천장에는 또 등불뿐 아니라 내 몸만 한 크기에 스피커들도 통로 따라 쭉 매달려 있었다. 소리가 들려왔다.

'모차르트의 36번 C 장조 린츠! 웅장하면서 경쾌한 트럼펫과 드럼 소리!'

칵테일 바에서 들려왔던 음악 소리. 어린 시절 나의 고질적인 잡념 때문에 엄마가 들려준 그 음악. 그 소리는 점차 줄어들면서 칵테일 바의 그녀의 음성이 들려왔다. 천장의 스피커에서 나는 소리 같았다.

"오빠, 통로를 따라 천천히 차를 몰고 오길 바라. 의심은 하지 말고."

"너 그새 돈 많이 벌었나 보네. 재벌에 골 빈 남자를 꼬셨나 봐. 이런 통로까지 만든 거 보니. 자본주의는 너 같은 천박한 애들 좋으라고 만든 건 아닌데. 내가 너무 냉소적인가? 그렇게 돈이 좋아?"

나는 칵테일 바의 여자애를 비꼬고 있었다. 이리저리 돈의 위세로 명령하는 게 싫어서다. 그렇다고 통로가 지루한 것은 아니었다. 등불의 빛도 나에게 쏟아져 내렸고. 길도 아스팔트 길로 하나도 흔들림 없이 편히 차체가 미끄러져 갔다. 가끔 클래식 음악 소리가 잔잔히 깔렸다. 그녀의 배려심을 읽을 순 있었다. 하지만 돈의 위력일 뿐이라는 생각에 그녀가 못마땅했던 거다.

그렇게 몇 분을 갔나 싶을 때다. 등불이 하나하나씩 꺼져나가는 게 아닌가? 조금만 더 가면 그녀의 로즌 칵테일 바에 도착할 듯싶었는데 말이다.

'그러면 그렇지. 이런 시설을 유지하는 게 한두 푼으로 되는 줄 아나? 통로 만들 돈으로 바텐더나 채용하시지. 욕심도 많아. 그 많은 고객을 혼자 몸으로 접대하면 그 몸이 남아나겠어. 머리 나쁜 애들은 안 된다니까.'

혼자 중얼거리며 가속 페달을 밟아댔다. 마침내 등불은 모두 꺼져버렸다. 차의 헤드라이트도 고장 나서 순간 나는 급브레이크를 밟고 멈췄다. 더 이상 갈 수 없을 정도로 암흑으로 이 통로는 일순간에 둔갑해버린 것이다. 온 사방이 빛 하나 없었다.

그녀에게 전화를 걸려 했지만, 전화 발신 수신 자체가 먹통인 구간이었다. 이러다 죽는 건가 싶었다. 두려움에 차 문을 열고 나와 욕이라도 해주고 싶었다.

그런데 문득 수도원 신학교 앞에서 내가 뒤돌아서서 가려는 그 순간이 내 머리에 떠올랐다. 그때처럼 돌연 내 앞이 캄캄해진 것이다. 이 통로도 빛 한줄기조차 없었다. 빛이라는 것들은 모두 사그라졌고, 아무 소리도 들리지 않았다. 정전인가 싶었다. 적막했다. 대부분의 것들이 운동을 멈추는 듯했다.

그때처럼 단지 저 멀리 작은 등불만이 나를 향해, 아니, 이번엔 나의 취재차량을 향해 빠른 발걸음으로 다가오는 것만 같았다. 어디선가 날아든 여러 반딧불도 있는 것 같고. 신기하기보다 당황스러웠다. 과거와 현재가 반복된다는 느낌을 쉽게 지울 수 없었다. 나에게 빠르게 다가오는 등불을 자세히 보려 반딧불들의 빛을 한 손으로 가렸다. 허둥지둥 양쪽 두 눈을 비벼대면서……. 하지만 예전처럼 자전거의 등불이라고 여겼던 빛이 갑작스레 사라졌다. 다시 통로는 천장에 등불이 한꺼번에 켜지면서 반딧불도 어디론가 날아가 버렸다.

'이건 또 뭐지. 갈리아, 아니 지아가 사라진 건가? 그러면 나를 향해 오던 그 빠른 발걸음의 정체는…….'

나는 멈췄던 차를 서서히 가속 페달을 밟으며 앞으로 향해 갔다.

내리막길이 나타났다. 평지는 아니었다. 또다시 천장에 매달린 등불이 하나씩 하나씩 꺼져나갔다. 한순간에 또다시 칠흑 같은 어둠이 찾아왔다. 난 또 브레이크를 급히 밟아 급정거를 하고 말았다.

"그만 좀 장난쳐! 좋아했던 감정도 사라지겠어. 내가 처음으로 잠자리를 가진 건 너였다고. 내가 그리 만만하냐고!"

나는 화가 머리끝까지 치솟아 오르고 있었다. 그때였다. 스피커에서 말이 흘러나왔다. 칵테일 바 여자였다.

"내가 돈만 밝히고, 아무 남자랑 잠자리를 갖는 그런 여자애라고 말하곤 날 좋아했던 감정도 있었다고요? 오빠. 그게 말이 돼?"

그렇다. 말이 되지는 않는다. 난 말을 차분히 이어갈 수밖에 없었다.

"난 중학교를 졸업하고 알아왔던 갈리아라는 친구가 있어. 그녀를 나의 마음에 담아왔어. 후에 그녀는 내 곁에서 사라지고, 그녀를 원망했어. 잊어야 했어. 그러던 어느 날 또 내 가까이 온 여자들이 있었어. 학교에서 만난 음대생, 여행지에서 만난 갈리아 리. 널 본 후 내 마음이 쉽게 흔들리더라. 갈리아와 거의 같은 매력을 느꼈으니까. 그런데……."

난 갈리아가 내 머릿속에서 회상되면서 더 이상 입을 열기가 어려워졌다.

"그래, 나마저도 갈리아의 매력이 느껴졌다는 말인 거지? 그래서 무지 혼란스럽다는 거? 마치 오빠 자신이 여자에 집착하는 카사노바 같다는 죄책감. 맞지?"

그녀는 내 마음을 꿰뚫고 있었다. 지금은 기자로 있지만, 한때 난 도덕성이 나의 생명이라고 여기고 살았던 수도자 지망생이었으니까. 그러고는 스피커에서 그녀의 목소리가 끊어지는 소리가 들렸다. 아마 그녀가 스피커폰을 끄는 버튼을 누른 모양이다. 이번엔 어둠 속을 뚫고 통로 사방에서 파노라마식 영상이 펼쳐지는 게 아닌가?

42

내 입에선 괴성이 쏟아지고 있었다. 통로 벽의 사방을 가득 채운 파노라마식 영상. 거기서 중학생쯤 돼 보이는 정체 모를 어린 누군가의 얼굴의 피가 솟구치며 흩어지고 있었다. 엉망진창이 된 그의 얼굴. 나는 잔인한 공포 영화를 보는 듯했다. 그리고 승용차가 멀리 사라지는 또 다른 장면. 죽어가는 극심한 호흡 소리가 통로 안을 가득 채웠다.

“그만 해, 얼른 멈춰! 멈추라고.”

내 눈과 얼굴을 양팔로 가린 채 소리를 내질렀다. 무섭고, 끔찍해서다. 그런들 칵테일 바의 여자애의 목소리는 스피커폰을 타고 다시 들려오지는 않았다. 단지 영상에서 흘러나오는 극렬한 파열음만 나에게 들려올 뿐이다.

몇 십 초가 지났나 싶을 때였다. 조용해졌다. 소리 하나 들려오지 않았다. 적막해졌다. 공포가 사라지는 듯싶어 나의 두 눈을 가린 양팔을 천천히 내렸다. 내 눈에 들어온 장면은 수술하는 유럽풍 외모의 외국인 의사의 칼이었다. 형체도 알 수 없는 누군가의 얼굴을 칼로 도려내는 것 같았다. 환자의 얼굴을 성형하는 장면인 건가? 그 후 입원실. 퉁퉁 부어오른 얼굴을 붕대로 감은 채 누워있는 작고 연약한 생명. 점차 붓기가 빠지고 간호사가 붕대를 풀어주는 모습.

그 작고 여린 생명은 내 마음속에 자리 잡고 있는, 그토록 그리워한 나의 여인 ‘갈리아’인 것이다!

반복되는 얼굴 안면 이식 수술 장면, 그리고 성형 수술로 다시 태어난 그녀는 여행지에서 만난 ‘갈리아 리’이고.

“네가 어떻게 이걸 입수했지? ‘갈리아와 갈리아 리’가 같은 사람이었다니! 이 자료를 네가 훔쳤어? 네가 도둑인 거야?”

내 질문에 한술을 더 뜨듯, 내 말이 끝나기도 무섭게 다른 영상이 통로 벽을 가득 메워왔다.

여행지에서 만난 갈리아 리. 나에게 특히 다정했던 그녀. 그녀는 화장을 아니, 그녀 스스로 화장대에 앉아 분장하는 모습이 나타났다. 겹겹이 분을 바르는 듯했다. 붉은 립스틱……, 눈썹 마스카라. 그녀는 급격히 돌변해 갔다. 또 다른 타인이 되어간 것이다.

'갈리아 리. 내가 애타게 찾고 기다린 갈리아. 그녀가 바로 스피커폰으로 목소리를 전하는 칵테일 바의 그녀였다니!'

43

혼란스러움으로 나의 정신이 혼미해지는 그 순간, 또 다른 영상이 이어졌다. 바비 인형처럼 화장을 진하게 한 갈리아. 칵테일 바의 출입문을 굳게 잠근 채 감시 카메라 CCTV로 누가 들어오는지 보고 있는 갈리아. 보고 있기보다 감시하는 것에 더 가까운 그녀의 예민한 눈초리.

낯선 이가 억지로 들어오려다가 문을 열어주지 않으니 화가 나서 칵테일 바의 문고리를 결국 박살 내고 만다. 이는 고스란히 영상에 담겼다.

'그놈은 누구인가. 청부살인업자?'

이런 생각마저 드니 내 온몸의 신경돌기가 바싹 솟아올랐다. 하지만 그는 더 이상 문을 열지 못한 채 허탈해하며 뒤돌아서 가버렸다. 때마침 그 뒤로 내가 문 앞에서 주춤대다가 문을 열고 들어오려 할 때다. 그녀는 날 감시 카메라로 보더니 칵테일 바 뒷마당에서 급히 병을 파내고 기록할 소형 녹음기 카세트를 준비한다.

내가 문고리를 잡고 들어오려 할 때, 벽에 무언가의 갈색 버튼을 눌러 문을 열어준다. 그녀는 내가 누구인지를 이미 알고 있었던 것 같다. 나에게 술을 마시게 하고, 자신의 포근한 침대에 날 눕히더니 잠자리에 든다.

그녀, 아니 갈리아와 나는 침대보를 힘껏 구기며 정신없이 얼굴에 키스를 퍼붓는다. 입맞춤은 서로를 더욱 흥분시켰고, 우린 서로 알몸이 된 채 서로를 탐닉한다.

그녀의 손은 어느덧 나의 달아오른 부위를 움켜잡는다. 작은 신음이 흘러나온다. 난 그녀가 부끄러워하며 드러낸 몸을 나의 혀로 부드럽게 열어젖히고 있다. 모든 게 처음이었던 난, 그녀에게 날 맡기고 있었고 그녀는 온전히 날 받아들인다.

나의 끈적끈적한 체액과 그녀의 맑은 체액이 한데 섞였고, 꽃봉오리가 활짝 벌어지면서 그녀는 나를 갈구했다. 이렇게 우린 서로에게 빠져 들어 가고 있었다. 갈리아는 나와의 만남을 이렇게나마 모두 담아냈던 것이다. 그녀는 나의 갈리아인 것이다. 나의 수줍음을 그녀는 진실로 승화시키고 있었다.

"네가 갈리아인 거니?"

"그래, 수도자를 사랑하는 지아, 갈리아."

"나는 네가 지아가 아니어도 돼. 나에겐 갈리아만 있으면 된다고……."

나는 갑작스런 일들에 혼잣말로 중얼거리고 있었다. 그녀는 내가 술김에 생일을 가르쳐달라는 말에, 자신이 어떤 삶을 살아왔는지, 그리고 자신의 정체가 탄로 날까 봐, 그녀는 말할 수 없었던 거였다. 또다시 불빛이 꺼져갔다. 통로 천장과 사방의 벽들에 불빛과 영상은 하나하나 사라져 갔다. 남은 건 내 앞에 캄캄한 어둠만이 존재했다.

저 멀리 나를 향해 조금씩 다가오는 작은 등불이 보였다. 그렇다. 내가 그토록 찾아 헤맸던 자전거를 탄 갈리아인 것이다. 하늘빛, 하얀빛이 어울려진 옷을 입은 그녀. 그녀 곁엔 여러 반딧불이 항상 날아들었다. 밝은 빛들은 사그라지고. 갈리아는 영상에선 바비 인형처럼 화장한 칵테일 바의 그녀이기도 하다.

그녀는 내가 차 안에서 내린 모습을 봤는지, 내 앞에 가까이 와 멈춰섰다. 자전거에서 내리고 날 물끄러미 쳐다보더니, 얼굴의 화장을 지워나갔다.

'그녀는 갈리아다!'

입술의 립스틱을 지울 때쯤 난 그녀를 안았다, 그것도 양팔로. 이번엔 격렬하게 키스를 했다. 그리고 밝게 우린 웃었다.

"수도자 오캄, 채윤."

"영적인 나의 친구, 갈리아."

우린 서로를 이렇게 불렀다.

주검처럼 사라진 지난 시간들이 왜 이리 길 수밖에 없었는지 무척 궁금해서 미칠 지경이다. 자신의 모습을 가린 채 칵테일 바의 바텐더로 있었던 이유들도. 하지만 지금 이 순간이 우린 행복하다. 떨어져 서로를 그리워했던 시간들이 길었지만, 우리의 영혼은 언제가 또다시 만날 것을 갈구하고 있었던 것이다.

우린 이렇게 부활하고 있었다. 새로운 공간에서나마.

제13장

갈리아와 나의 공간

Mind Theraphy

44

갈리아는 살아 있었던 거다. 여러 사연을 뒤로 한 채. 우린 나의 취재차량 뒤 트렁크에 그녀의 자전거를 실었다. 그리고 그 통로의 끝을 향해 질주했다. 이 끝은 그녀에게 묻지 않아도 알 만한 곳. 칵테일 바일 듯싶다.

'로즌 칵테일.'

홀로 세상을 여태껏 살아왔지만, '갈리아'라는 친구가 죽었다가 내 앞에서 다시 부활한 것이다. 통로엔 어느새 불빛으로 가득 찼다. 10분쯤 달렸을까, 통로 끝이 다가왔다. 내 옆 조수석에 앉아 있는 그녀는 멀리 보이는 큰 원에 또다시 차를 주차하라는 말을 건넨다.

그리고 차 안에 오디오를 틀어 잔잔한 음악을 깔리게 했다. 나는 천천히 속도를 줄이며 차를 원 안에 멈췄다. 그녀는 손 안에 든 리모컨으로 보랏빛 단추 버튼을 누르는 듯했다. 차는 떠올랐다. 이곳으로 들어올 땐 차는 수면 밑으로 내려가는 듯했지만.

차가 올라온 곳은 그녀의 로즌 칵테일 바가 아니었다. 다름 아닌 고물상이었다. 자동차 바퀴가 이리저리 돌아다니고, 냉장고 전등 헤드라이트도 곳곳에 눈에 띈다. 처음 내가 찾아간 총알이 빗발쳤던 그곳과 다른 고물상인 것은 확실했다. 우리를 마중 나온 사람은 나이 지긋한 노인 할아버지다. 이 통로가 어디로 이어지고 있는지 이젠 가늠조차 되지 않는다.

"이 분은 누구시지? 예전에 저 할아버지가 네 아빠라고 했나? 그건 거짓말인 거지? 너의 아버지는 한 회장이시잖아."

그녀는 아무 대답이 없었다. 바스락거리는 소리도 나지 않았다.

"갈리아! 너 뭐해 졸고 있어?"

난 오른쪽 옆으로 고개를 돌려 조수석을 봤다. 조금 전 만 해도 오디오를 틀었는데, 그녀는 온데간데없이 사라졌다.

"방금만 해도 키스를 했고, 음악을 틀었잖아."

아무 소리도 내 귀에 들려오지 않았다. 또다시 그녀는 내 곁에서 사라지고 만 것이다.

"장난 좀 그만 치고 얼른 나에게 네 모습을 보이란 말이야!"

난 화가 치밀어 올랐다. 나로선 당연한 것이다. 아무 말도 없이 사라지는 그녀. 한두 번이 아니었기 때문이리라. 노인은 나에게 차 안에서 내리라는 손짓만 보내셨다.

하지만 내가 당황스러운 나머지 아무 행동이 없자, 노인은 허리를 굽혀 운전석 문을 열어주셨다. 내가 지금 이 순간 믿을 사람은 이 노인밖엔 없었다.

"할아버지, 내 옆에 조수석에 있던 한 여자 못 봤어요?"

칠팔십 대로 보이는 자그마한 몸집의 노인은 얼른 내리라는 말과 함께 눈이 어두워서 잘 보이지 않는다는 말만 반복하셨다.

"근데 제가 여기 왜 온 거죠?"

노인은 내가 정신 나간 사람처럼 보였는지, 호의적인 얼굴을 바꿔 정색하셨다.

"물건 사기 싫으면 저리 꺼져."

이 말로 응대하기만 할 뿐이다. 이게 무슨 영문인지 도저히 알 수가 없었다.

"제가 땅 밑에서 솟아 올라왔나요? 조금 전만 해도 튜브 같은 지하 통로에 있었거든요."

그제야 노인은 진중히 나의 말을 받아 눈을 껌벅거리며, 날 똑바로 쳐다보며 말하셨다. 그의 눈초리가 노려보는 것에 더 가까웠다.

"이 미친놈 보게나."

내 말에 참지 못한 노인은 욕부터 쏟아냈다.

"물건 사기 싫으면 저리 꺼지든가. 바쁜데 농담하게 생겼어! 차를 보니 신문사에서 온 기자 양반 같은데, 벌써 머리가 할아비처럼 치매가 걸렸나. 기자는 높으신 어른이 심어줘서 됐어? 기자 양반, 저기 보이나? 저 언덕 아래에서 이리로 올라오지 않았나? 재수 없으려니까."

'내가 꿈을 꾸고 있는 건가. 그럴 리가……'

“할아버지 하나만 더 대답해 주시겠어요? 지아가, 아니 갈리아가 할아버님의 딸인가요, 아니면 손녀?”

노인은 나의 질문에 역정부터 내기 바빴다.

“어쩐지, 당신도 그런 인간들이구만. 기자들은 나에게 이런 것들만 물어보러 온단 말이야. 이런 기사를 내면 광고비를 좀 얻나 본데. 예전에 다 말해주지 않았나. 당신 신입 기자인가? 내 딸이 혼혈인이면서 유럽인이었지. 가난뱅이 내 딸과 소프트 회사 한 회장 사이에 낳은 딸이 지아잖아.”

노인은 쉴 새 없이 말을 이어갔다.

“이건 알고 있겠지? 혼외 자식으로 떠들썩했잖아. 지아는 죽었다고, 죽었어. 사고로 죽었다고. 맨날 왜 이런 것만 묻는지. 잊은 지 오래야. 내가 불쌍해 보였는지 한 회장 아들들이 나에게 고물상으로 먹고살라고 이렇게 차려 준거라고. 근데 갈리아는 또 누구야?”

고물상 주인인 이 노인은 지아의 외할아버지인 건가?

“살아 있어요, 지아는요.”

난 이말 밖엔 할 말이 없었다.

“진짜 미친놈인가 보네. 어디 가서 그런 헛소리 하지도 말아. 죽은 지아가 어떻게 살았냐고! 어찌 보면…… 죽은 게 더 마음 편한지도 몰라. 한 회장이 혼외로 낳은 지아를 많이 챙겨줬지. 주변은 한 회장 마음과 같을까? 얼마나 주위로부터 시샘을 받았는지 아직도 지아가 힘들고 괴로워하는 모습이 떠올라. 그래도 얼굴 한 번이라도 봤으면……. 늙은이인 나한테도 귀여움을 떨었는데.”

할아버지는 눈시울을 적셨다. 지아가 얼굴을 바꿔가며 살아 있다는 걸 모르시는 모양이다.

"제가 지금 전화해서 지아를 바꿔드려요?"

노인의 얼굴은 일그러지기 시작했다.

"너 정신병자야? 죽은 혼령과 통화를 하라고? 죽은 귀신이 보이기라도 하는 겨?"

노인은 뒤돌아서서 그의 뒤쪽에 너저분하게 쌓여있는 고물로 재빠른 걸음으로 갔다. 그러더니 이리저리 무언가를 찾더니만 골프채 하나를 들고 내 차 앞에 바짝 다가섰다. 혹시나 취재 차량을 골프채로 박살 낼 듯싶어, 급히 열린 운전석 문으로 나가 할아버지를 진정시키려 했다. 그럼에도 정말 그는 정신병자라도 된 것처럼, 인정사정없이 나와 차를 향해 골프채를 휘둘렀다. 단단히 화가 난 모양이다. 그가 갑자기 혈기왕성한 20, 30대 사내로 둔갑한 것 같았다. 분노 조절이 어려워 보였다.

더 이상 뒤로 물러설 곳도 없었다. 난 노인의 정신없이 휘두르는 골프채를 피하려 안간힘을 썼다. 마침내 그는 골프채로 차 한쪽을 박살내고, 급기야 내 목마저 후려치고 말았다. 내 목이 날아갈 정도였다. '이렇게 죽는 거구나.' 싶었다. 난 두 눈을 감고 쓰러졌다. 그런데…….

아무런 통증도 느끼지 못했다. 내 목을 스스로 어루만져 봤다. 코에 손을 가까이 가져가 봤다. 피비린내도 없었다. 나는 누워있는 채 노인의 혼자 중얼거리는 욕설을 듣는 수밖엔 없었다. 그의 목소리는 힘이 빠진 모양이다. 점점 소리가 줄어들었다. 두 눈을 떴다. 아니, 나도 모르게 눈이 떠졌다. 얼마나 시간이 지났는지 알 수 없었다.

그 노인은 어디론가 갈리아처럼 사라졌다. 내 차도 골프채도 사라졌다. 내 앞엔 고물만이 쌓여있을 뿐이다! 나는 그 자리에서 천천히 일어나 내 두 손으로 몸에 묻은 흙먼지를 툭툭 털어냈다. 모든 게 허망했다. 내 앞에 고철덩이만 남긴 채. 사라진 갈리아와 노인, 사라진 통증과 피, 사라진 골프채와 취재 차량, 차 트렁크에 실었던 갈리아의 자전거는 도대체 어떻게 된 걸까?

갑작스레 나의 앞 오른쪽 바지 호주머니 속에서 휴대폰 진동이 울려댔다. 사라진 갈리아, 그녀의 번호였다. 난 급박하게 통화 버튼을 눌렀다. 그것도 여러 번을.

"더 이상 죽을 수가 없어서 만든 나의 공간이야. 수백 억 원을 들여서. 그 노인은 홀로그램일 뿐. 나를 지켜줬던 아빠 같은 할아버지이기도 하셔."

난 당황스럽고 황당하기만 했다. 말로만 듣던 메타적인 가상공간이라니. 실재와 너무 똑같았다. 혼란스럽기만 했다. 내가 아무 말이 없자 갈리아는 말을 더 이었다.

"'안다'와 '믿는다'라는 말이 있어. 우리가 알고 있는 세상은 그게 전부가 아닐 거야. 죽음이라는 극한 상황을 수없이 겪는 사람들은 '믿는다'라는 말이 더 마음에 와 닿을지 몰라. 너도 잘 알잖아? 세상은 아는 것만큼만 보인다는 걸."

지당한 말이다. 그런데 대답할 말들이 나의 입 밖으로 쉽게 나오지 않았다. 그녀는 내가 할 대답을 이미 들은 듯, 또 다른 말들을 더 꺼냈다.

"이제부터 날 믿어 보지 않겠니? 돈은 이렇게 가짜 세상을 창조하고 찰나적인 위안과 도피를 주는 것 같아. 난 가짜 세상에 숨어 살고 있어. 날 누군가가 계속 죽이려 한다는 생각이 드니깐. 진짜 세상마저 의미 없는 걸까? 진실을 알면 견디기 힘든 고통과 괴로움만을 주는 걸까? 나도 궁금하거든."

"그러면, 넌 정말 살아 있는 게 맞는 거지? 답답해. 얼른 말 좀 해봐."

난 이 말밖엔 물어볼 말이 쉽게 떠오르지 않았다.

"그럼. 몇 번을 너에게 말해야 하니. 난 살아 있다니까."

그녀는 쉽게 내 말에 대답했다.

"아니 그게 아니라, 네 할아버지처럼 홀로그램이 아닌 현실에서 진짜 살아 있는 거냐고!"

나도 모르게 또 그녀에게 언성을 높이고 말았다. 그녀는 대답을 머뭇거리는 듯했다. 아니면 내가 너무 조급한 건지는…….

귀에 전화를 대고 갈리아와 통화하는 이 순간, 나에게 문자 알림이 내 손을 부르르 떨게 만들었다. 대체로 이때는 회사나 취재원이 나에게 급하게 용무가 있는데, 통화 중일 경우 이렇게 문자로 오는 경우가 대부분이었다. 이렇게 나에겐 지금이 중요한 순간임에도 말이다. 나는 잠시 귀에 전화기를 떼고 문자를 검색할 수밖에 없었다.

"한광훈 회장이 지금 호흡 곤란으로 응급실행. 너는 내일 아침 일찍 정부청사 가지 말고 직접 서울 여의도병원으로 가서 상황을 보고해."

편집장의 문자였다.

급박한 문자였다. 나와 전화 연결이 잘 안 된 나머지 다른 기자를 보낸 모양이었다. 내가 퇴근길이기도 했고. 갈리아, 아니 지아에게 전화로 이 내용을 말해야만 했다. 하지만 이미 지아도 아는 모양이다. 울고 있었다. 슬프게 울고 있었다. 그녀는 내 질문에 머뭇거린 게 아니라 누군가에게 자신의 아빠 한 회장이 위독해서 병원 응급실로 갔다는 비보를 들은 듯싶었다.

"너도 알고 있어?"

나는 더 차분히 마음을 가라앉혀 물어볼 수밖에 없었다.

"지금 들었어. 나이가 들어서 같지는 않아. 세상살이가 그렇잖아. 돈이 뭐고 경영권이 뭔지. 슬프다. 오늘은 나 혼자 있고 싶어. 채윤, 너도 잘 들어가 쉬고. 내가 너에게 더 이상의 믿음을 줄 수 없어 미안하고. 잘 들어가."

그렇다. 가난해서 세상이 고통스럽고, 부유해서 세상이 슬픈지도 모른다. 하물며 죽지 않았는데도 해외나 갈리아로 망명하곤 죽었다고 하고. 나는 그래도 물 위를 걷는 기적을 믿고 부활을 믿는다. 지아의 살아 있음을 지금 이 순간 믿어야 하는 게 나의 간절한 바람이기에.

그러고는 나는 잠이 들고 다시 눈을 떴다. 나의 방안엔 빛이 가득 찼다. 나비라도 날아들 듯하다. 다음날 이른 아침이 나에게 이미 찾아오고 있었던 거다.

45

나의 침실엔 나 홀로 누워 있었다. 방바닥엔 내 주먹 한 줌도 채 안 되는 갓 태어난 고양이가 아닌, 제법 커 있는 어미 '말롱이'가 자고 있었다.

한낱 나의 애완동물이지만 인연은 어느 누구보다 질겨 보였다. 엄마는 이미 출근한 모양이다. 이맘때면 욕실에서 씻는 소리가 들려오는데 어느 인기척 소리도 들려오지 않았다. 어젯밤에 내가 여길 어떻게 왔는지도 잘 기억이 나지 않았다.

엄마가 날 마중 나온 기억만 어렴풋이 나기 시작했다. 나에게 말을 건 첫 말 한마디가 "밥은 먹었느냐?"인 것 같다. '대충'이라는 말 만 남기고 침대에 쓰러져 잔 것 같다.

이곳이 진짜 세상인지, 칵테일 바의 홀로그램으로 나타난 지아, 갈리아가 진짜 세상인지 도저히 알기도 어려웠다. 그런데 난 여기 왜 여기 누워만 있는 걸까? 지금은 몇 시이고. 아차, 하는 생각이 들기 시작했다. 맞다. 어제 한광훈 회장이 위독해 응급실에 실려 가서 오늘 병원으로 가야만 했던 것이다.

휴대폰 충전은 밤새 됐을 텐데, 정신없이 휴대폰의 파란색 불빛이 정신없이 깜박거리고 있었다. 여러 문자 메시지나 전화가 걸려왔다는 생각이 들었다. 언제쯤 이 전화기로부터 해방될 날이 올는지.

충전기를 빼서 휴대폰을 눈앞에 가까이 들어 올렸다. 12시였다.

'12시? 점심 12시라는 건가?'

편집장의 문자가 수북이 쌓여있었다.

"너 잘리고 싶어? 아침 일찍 병원으로 가라 했잖아!"

"지금 몇 시인 줄 알아! 얼른 튀어와!"

"너 죽었어? 한 회장이 식물인간이 될 것 같다니까!"

이 문자는 낮 9시쯤 문자였다. 그러고는 더 이상 문자는 오지 않았다. 난 가슴이 떨렸다. 이게 무슨 징조인지. 학창시절부터 한 번도 늦은 적이 없는 내가 아닌가?

곧바로 전화를 걸었다. 하지만 전화는 걸리지 않았다. 또 걸었다. 걸리지 않았다. 전화계정이 어느새 바뀐 건가. 이게 뭐냐고! 답답함이 목구멍까지 바짝 올라왔다. 어느 방송이든 보고 싶었다. 리모컨을 들어 TV를 켰다. 속보였다. 식물인간 된 한 회장이 첫 속보였다. 거물급 기업인이니 당연했다. 두 번째 속보가 또 이어졌다. 서울 신문로에 있는 한 일간지 채윤 기자가 한 고물상에서 정신병 걸린 한 노인의 골프채를 맞고 혼수상태로 병원에 입원해 있다는 것이다!

'이건 또 뭔 말이지! 나는 여기에 있다고!'

난 즉시 지아 갈리아에게 전화를 걸었다. 그녀만이 나에게 답을 줄 수 있을 것 같아서다. 다행히 전화벨이 나의 귓가로 울려댔다! 그녀는 전화를 받았다. 그녀에게만은 전화가 걸린 것이다.

46

"채윤아, 미안해. 어쩔 수 없었어. 널 홀로그램 세상 속으로 빨려들어오게 했어."

갈리아의 음성이 또렷이 들려왔다.

"뭔 말이야? 난 이렇게 살아 있는데……."

그녀는 말을 잠시 머뭇거렸다. 그러더니 긴 한숨을 한 번 내뱉고 말을 이어갔다.

"너에게 골프채를 휘두른 그 노인은 나의 할아버지이셔. 할아버지는 내가 너로 인해 살아 있다는 게 알려질까 봐서, 널 혼수상태로 만드신 거야."

그녀는 내가 왜 그녀에게 전화를 걸었는지 이미 알고 있었던 거다.

"도저히 무슨 말인지 모르겠어. 하나만 묻자. 내가 살아 있는 거야? 아니면 죽은 거야?"

갈리아는 확신에 차서 말을 덧붙여 갔다.

"당연히 넌 살아 있지. 살아 있다고! 단지 할아버지가 날 지키려 했던 거야. 현실에선 널 죽인 건 아니지만, 신체활동을 멈추게 한 거지. 그리고 홀로그램이라는 가상 세계에선 계속 소통하게 만드신 거야."

그녀의 말이 이해가 잘되지 않았지만, 내가 살아 있다는 말에 안도감이 들었다. 그녀는 내가 아직 이해를 못 했다고 생각했는지 계속해서 비유를 들었다.

"너, 수도자가 되려 했잖아?"

그녀의 말에 나의 과거가 새록새록 기억이 났다. 나쁜 추억이 아니길 바라면서 말이다.

"너도 알잖아. 엄마가 날 그렇게 교육시켰고, 성경의 가르침 등을 늘 숙고해야 했어, 내가 그걸 어떻게 버텼는지 나 자신도 신기……."

그녀는 내 말을 확 끊더니만, 좀 더 목소리를 높여가며 말했다.

"바로 그거야! 넌 예수님이 우리 마음 안에, 그리고 몸 안에, 이 세상에 영원히 살아 있음을 믿지. 그리고 간절하게 기도를 하지. 새벽에도.

어찌 보면 예수님은 십자가 처형으로 돌아가신 후 부활한 게 아닐지도 몰라."

지아의 말로 인해 예수가 부활한 게 아닌 망명했다는 미치광이 신학자를 기억나게 했다. 그녀는 말을 이어갔다.

"살아 있는 상태로 동굴에 옮겨진 후, 아무도 모르게 다른 나라나 지역으로 망명했거나, 옮겨 갔는지도 모른다는 거야. 그래서 예수님이 후에 호숫가 근처를 지나다니던 걸 보고, 제자들이 다시 살아났다, 라는 부활을 주장했던 거겠지."

나는 그녀가 무슨 말을 하려고 미치광이 신학자의 말을 애써 인용해 말하고 있는지 도저히 이해가 가지 않았다. 그런데도 그녀는 또박또박 말에 더 힘을 줘 갔다.

"예수님이 사실 죽지 않고 살아 있었는지도 몰라. 이 같은 논리가 진짜인지 가짜인지는 지금 우리에겐 아무 의미가 없어. 단지 이게 홀로그램과 비슷할 수 있다는 거야."

그렇다, 그녀는 가상의 홀로그램을 말하려는 거였다. 내가 수도자라는 생각으로 예수를 비유하며.

"가상 세계로 우릴 망명시킨 거라는 거지. 내 몸은 여기 칵테일 바로 말이야. 나의 아빠인 한 회장의 비서가 날 여기로 옮겨 놓으셨어. 그땐 너처럼 혼수상태였고. 내 말이 아직도 이해가 안 가니?"

그녀가 이렇게까지 목소리를 높여가며 길게 설명한 적은 그리 많아 보이지 않았다. 내 눈엔 눈물이 끊임없이 흘러나왔다. 멈출 기미를 보이지 않았다. 그녀도 전화선을 타고 눈물을 머금는 소리가 들려왔다. 그녀는 연거푸 미안하다는 말을 했다. 나는 괜찮다는 말로 대신할 수밖에 없었다. 나보다도 갈리아가 더 힘든 세월을 보내온 듯해서다.

죽음을 넘나드는 교통사고와, 가족과의 비애, 그리고 그들로부터 안전을 지키기 위해, 아니 살기 위해 성형 수술, 그것도 불안해서 그녀는 홀로그램 세상과 현실을 넘나들고 있다.

나는 이 말만은 묻고 싶었다.

"그러면 난 언제 이 홀로그램 세상에서 벗어날 수 있는 거니? 이건 너무 환상 같아. 난 현실에서도 살고 싶거든. 난 너만 있어도 되지만, 그래도 나의 엄마를 보고 싶고, 널 현실 속에서 안고 싶어. 이건 욕심일까? 기자로도 일하고 싶고."

그녀는 머뭇거리지 않았다.

"너는 혼수상태에서 깨어날 거야. 그리고 홀로그램 세상에서 조만간 벗어날 거야. 넌 죽은 게 아닌 거니까. 그건 걱정하지 않아도 돼. 너야 누군가로부터 죽음의 위협을 받을 이유가 없는 거잖아"

나는 그녀의 말을 듣고 뛸 듯이 기뻤다. 하지만 그녀는 슬퍼 보였다. 그녀는 울먹이고 있었기 때문이다.

"그러면 넌 홀로그램 세상과 현실을 오가고 있잖니? 그러면 너도 큰 문제가 없어 보이는데? 근데도 우울해?"

그녀는 내 말에 갑작스럽게 울음을 터뜨리고 말았다.

"우린 잘 될 거야. 단지…."

"단지 뭐?"

그녀는 이번에 한동안 머뭇거리고 말았다.

"아빠 때문이지. 아빠는 응급실에서 오래 있어야 할지도 몰라. 깨어나지 못한 채. 이제 나이가 많으셔서 병실에 오래 있으셔야 할 것 같아. 우리만 행복한 게 아닐까 미안해져."

그렇다. 병석에 있는 아버지를 잃을지도 모른다는 그 아픔은 누구보다도 난 잘 알고 있다. 그럼에도 그녀의 말을 듣고만 있을 수밖에 없었다. 아직은 뭐가 뭔지 알 수가 없어서다.

내가 궁금한 건, 홀로그램에서 조만간 벗어날 수 있다는 건 알겠는데, '이렇게 언제까지 있어야 하는지'이다. 난 그녀가 나의 고민에 답을 얼른 주길 바랄 뿐이었다.

"내가 언제 며칠 몇 시에 깨어날 수 있는 거니?"

자꾸 내가 이런 식으로 독촉하는 말에 그녀가 짜증 낼 줄 알았다. 그녀는 속 시원히 내가 원하는 대답을 해줬다.

"잠시 후에……."

나는 이 말에 또 기쁠 듯이 날뛰고 싶었다. 난 두 손을 불끈 쥐고 위를 향해 두 발로 바닥을 딛고 뛰려는데, 내 몸이 스르르 무너지고 말았다. 마치 내 몸이 흩어지고 있었다. 퍼즐로 한 조각 두 조각 연이어 파편을 만들 듯이 그렇게.

그러다가 나에겐 흐느껴 우는 소리가 멀찌감치 울려왔다. 지아가 아닌 건 확실했다. 시궁창 냄새도 코끝을 건들며 진동해왔다. 눈을 떴다. 내 곁에 누군가가 희미하게 보였다. 점차 내 앞이 밝아졌다. 여자 같았다. 엄…마?

47

그녀는 바로 잡부인 나의 엄마인 것이다! 그녀는 내가 눈을 뜨는 걸 보더니 밖으로 달려 나갔다. 나에게 온 사람들은 의사와 간호사, 그리고 편집장이었다. 엄마는 그들 뒤에서 흐느껴 울 뿐이다. 병원인 것이다.

"잠시 심신이 강한 쇼크를 받아 정지됐었나 봅니다. 깨어났으니, 다행입니다."

의사는 이렇게 말하곤 바쁜 듯 다른 병실로 가버렸다. 편집장은 날 측은하게 바라보며, 다시는 이상한 곳엔 가지 말라고 잔소리를 늘어놓곤 의사처럼 다른 곳으로 가버렸다. 아마 편집장이 급히 가는 곳은 한 회장 병실일 것이라는 추측이 들었다.

엄마는 아무 말 없이 가만히 울고만 있었다. 그러다가 한마디를 남기셨다.

"세상살이 힘들지? 누가 옳은지 모를 거야. 몸은 괜찮아? '갈리아'라는 아이가 나에게 전화를 줬단다. 널 좋아하는 여자 친구라고 하더라. 너도 그러니? 네가 성직자가 되어도 좋은 친구로 있을 수 있다고 그러더라. 널 많이 좋아하는 것 같아. 그래서 엄마 마음도 편해졌어."

"엄마……."

"이젠 말도 할 수 있나 보네."

"나도 갈리아가 좋은 친구가 될 수 있을 것 같아. 근데 엄마에게 또 다른 말을 한 건 없어?"

생각 없이 홀로그램 얘기를 했을까 봐 겁부터 났기 때문이다. 엄마는 가만히 내 눈을 지그시 쳐다보더니, 벽에 붙어 있는 두 개의 소파 의자 중에 오른쪽 소파에 걸쳐 있는 배낭 모양의 가방으로 천천히 몸을 움직여 갔다. 가방 앞쪽 지퍼를 열고 통장 하나를 들고 내 앞으로 와 펼쳐 보이시는 게 아닌가?

"엄…… 마, 이건 뭐지?"

"자세히 들여다보렴."

내 눈에 잡힌 건……, 앞의 '5(오)' 하나와 '0(영)'이 수없이 많이 있는 숫자의 나열이었다.

"이거 뭐야? 엄마가 이렇게 많은 돈을 번거야? 이거 50억 원이야? 5억 원이야?"

엄마는 마음을 진정시키려 노력하는 모습이었다. 한숨을 한두 번 몰아내셨다.

"네 친구 갈리아가 우리 보고 쓰라고 내 통장 계좌로 보내온 50억 원이란다."

50억 원이란 말을 듣고, 말문이 막혀왔다. 이 돈이 마치 지아의 생명의 대가로 느껴졌기 때문이다.

"50억? 엄마는 그 애한테 왜 통장 계좌번호를 보내줬냐고? 엄마는 생각이 있는 거야 없는 거야? 그렇게 돈이 좋아? 내가 돈을 벌잖아요!"

나도 모르게 그녀의 목숨값이기도 했지만, 재벌 집 딸내미라며 돈 있는 척하면서 날 거지 취급하는 것 같아 화가 또 치밀어 올랐다.

"네 좀 목소리 좀 낮춰. 조금 전까지만 해도 이 엄마는 네가 죽는 줄 알았다고. 너 지금 환자야, 환자!"

"내가 화 안 나게 생겼어? 내가 거지도 아닌 데. 내가 왜 그 애한테 얻어먹고 살아야 하냐고!"

엄마는 날 측은하고 불쌍하게 보는 듯했다. 그러더니 차분히 말을 이으셨다.

"네 회사 취재 차량을 그 아이가 뒤에서 받아서 차량 파손이 심하다고 50만 원 보내준다고 그러더라."

엄마는 내가 답답했는지 자신의 가슴을 한두 번 툭툭 치며 계속 말을 이어갔다.

"네가 다쳐서 혼수상태로 온 게 다 자신의 탓이라며, 계속 울기만 하더라고. 네 병원비에 조금이라도 우선 보탬이 되는 게 자신의 마음이라며 받아주라는 데 너라면 어떻게 하겠니? 그런데 그 아이가 네 친구라고도 하니까, 이 정도 돈으로 교통사고는 마무리하자는 의미로 통장 계좌번호를 불러준 거……. 근데 이렇게 어마어마한 돈이 들어올 줄 내가 알았겠니?"

나는 엄마의 말을 끝까지 다 듣고 나서야 자초지종을 알 수가 있었다. 난 홀로그램의 골프채를 맞아 혼수상태가 된 건데 말이야. 왜 이리 진실이 꼬여 가는지. 그 순간 내가 깨어난 걸 누군가가 알았는지, 병실 침대 머리맡에 있는 내 휴대폰에 문자 알림이 들려왔다. 내 몸이 예전처럼 거뜬하다는 게 느껴졌다. 엄마는 날 그냥 쳐다볼 뿐이었다.

난 내 휴대폰에 광고 스팸 문자를 확인하고 내려놓았다.

엄마는 못다 한 말 한마디를 전하셨다.

“내 아들, 채윤아, 그 돈 부담스럽게 생각 말아. 네 곁에 그 아이가 오래 있어 주면 돼. 그뿐이야.”

나는 사주팔자에 대해 잘 모를 때, 엄마의 팔자를 본 적이 있다. 엄마에겐 흔히 돈이라는 게 없었다. 그리고 홀로 살아가는 고란살이 있어서 엄마의 운명을 슬퍼했다. 심지어 아무 잘못도 없는 엄마를 원망해 보기도 했다. 그런데 신기하게도 엄마의 가까운 친척엔, 의사와 법률 전문가가 있고, 사촌 오빠가 군인 장성 출신이다. 그리고 자식인 나도 사주팔자가 그리 나쁘지 않다.

앞뒤가 맞지 않아 깊게 연구하고 들여다보니, 명예를 중시하고 생각이 깊은 엄마는 특이한 외격 사주인 종강격 사주였다. 한마디로 어려울 때 주변의 경제적 도움을 받는 금여록 협록이 있는 사주인 것이다. 더욱이 금융 부자도 종강격 사주에서 종종 발견되기도 한다.

이러한 엄마에겐 당연히 가만히 있어도 ‘눈먼 돈들’이 쫓아온다. 이걸 갖고 내가 뭐라고 엄마를 질타할 수 없는 노릇인 것이다. 난 생각을 멈추고 판단을 유보할 수밖에 없었다. 내 머리맡에서 끊임없이 또 휴대폰 알림음이 울려대고 있었다. 소리가 꺼질 기세가 느껴지지 않아 그 문자를 확인하자마자 수신 번호로 전화를 걸었다. 하지만 없는 번호로 아무리 노력해도 도저히 걸리지 않았다! 나도 모르게 욕이 나올 뻔했다.

‘스팸인 거야? 넌 죽은 거야, 살아있는 거야. 말 좀 해봐, 제발!’

휴대폰을 침대 모서리에 던지려 했지만, 엄마가 정신 차리라고 만류한 나머지 베개로 내 얼굴을 짓누른 채 내 감정을 조절할 수밖에 없었다.

'이젠 내가 해야 할 일이 뭔가? 난 기자가 아닌가? 내가 뭘 해야 하냐고 지금부터…….'

전화는 걸리지 않았다. 그녀에게 온 문자 발송번호 그대로 문자를 보낼 수밖에 없었다. 이것 말고는 그녀와 연락할 또 다른 방법은 없어 보였기 때문이다.

"내가 이젠 어떻게 해야 하는 거니? 넌 살아 있는 거니?"

난 그녀에게 이렇게 문자를 보냈다. 불통이었던 전화 통화와 달리, 곧바로 문자가 내 전화기로 신속히 날아들어 왔다. 그녀였다.

"네가 하고 싶은 걸 하면 되지. 난 네가 결혼할 수 없는 성직자가 된다고 해도 네 곁에 늘 있을 거야. 지금은 좀 떨어져 있지만. 내가 살아 있냐고? 왜 자꾸 묻는 거니? 난 네 곁에서 같이 이렇게 맑은 공기를 들어 마시고 있고, 너와 같은 맑은 하늘을 보고 있잖니. 늘 어디서나."

그녀는 아무 일 없는 듯 편히 문자를 보내는 듯했다.

"근데 왜 전화는 되지 않는 거니? 답답하잖아."

그녀는 좀 머뭇거리며 문자를 보내는 것만 같았다. 이번엔 첫 문자 때보다 1, 2분 정도 더 지나 문자가 내 전화기에 도착했다.

"채윤아, 내가 너무 이기적이라서 미안해. 오래 살고 싶어서야, 내가……. 전화는 발신 번호가 추적이 되니까, 막아놓은 거. 문자는 우리가 해외에 개설된 앱을 사용하잖니. 죽으면, 또다시 난 널 보고 싶어도 볼 수 없어. 나 너 대학에서 강의할 때도 멀리서 숨어 봐왔고, 네가 신문기자로 이리저리 뛰어다닐 때도 차를 타고 네 주변을 이리저리 헤맸어. 너랑 학교 다닐 때도 그랬고, 네가 여행지에 갔을 때도……. 네 곁에 늘 함께 있고 싶어. 이렇게라도 말이야."

그녀의 문자를 더 이상을 읽을 수가 없었다. 나도 모르게 흐르는 나의 눈물이 내 눈을 가리고 있었다. 내 전화기의 화면도 눈물에 고여 병원실 바닥으로 흘러 내려갔다.

"널 지켜주고 싶어, 갈리아. 내가 널 위해 할 수 있는 일을 찾고 싶어."

나의 이 문자는 네트워크가 순간 장애가 생겨 불안정했는지 여러 번 발송이 안 되다가 억지로 보내진 듯했다.

"이젠 내가 너의 주변을 맴돌고 헤매며 지켜줄게. 신문사는 그만둘까 봐. 어떤 글을 써도 내 글은 데스크에서 수정되어 다른 내용으로 보도되고 있어서야. 너의 억울함도 내가 해결해주고 싶어. 내가 작은 신문사라도 만들어 볼까?"

이 문자는 이젠 더 이상 그녀에게 발송되지 않았다. 난 그녀에게 온 문자들을 보며 그대로 병실에 주저앉고 말았다. 엄마는 더 이상 날 볼 수 없었는지, 조용히 병실 문을 닫고 나가셨다. 난 식은땀과 눈물이 뒤범벅되었다.

'신이시여, 제발 그녀를 지켜주세요, 제발이요!'

처음으로 기도 같은 기도가 내 온몸에서 울려 퍼져나가고 있었다. 그것도 간절하게.

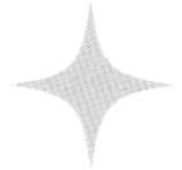

제14장

더 이상 들리지 않는 세레나데

48

시간은 정신없이 흘러갔다. 내 몸은 시간에 비례해 점차 회복되어 가고 있었다. 마음도 편해졌다. 갈리아의 아빠, 한 회장은 병세가 더 악화되어 식물인간처럼 병실에 누워 있다는 뉴스만이 들려오고 있었다.

난 오늘 퇴원을 요청했다. 신문사엔 내일쯤 사직서를 낼 생각이다. 한동안 집에 있으면서 내가 할 일을 구상하려 했다. 잠시 대학에서 강의를 못 한 것도 보강을 해야 하고.

엄마는 내가 병실에 있는 동안도 바쁘게 일하시며, 밤엔 내 곁에 작은 침실을 마련해 잠에 드셨다. 그렇지만 오늘만큼은 내가 퇴원을 요청한 터라, 엄마는 일을 다음 날로 미뤄가며, 날 집으로 데리고 갈 작정인가 보다.

처음엔 내가 이젠 다 큰 어른이니 걱정하시지 말라며 엄마 일을 하라고 귀찮듯 말해 봤지만 소용없었다. 엄마의 눈엔 아직은 내가 스스로 거동하기엔 힘들어 보였으니까.

'고마운 엄마다.'

어젯밤엔 엄마와 많은 얘기를 나눴다. 늘 나에게 성직자의 길만을 고집해온 엄마이기에 대화가 잘 안 될 줄 알았지만, 나의 예상은 빗나가고 말았다.

갈리아가 보내온 돈은 쓰지 않은 채 그대로 남겨두기로 했다. 그리고 내가 신문사를 그만두고 프리랜서로 기자 일을 하는 걸 마음먹는 데 엄마가 흔쾌히 동의해주셨다. 난 지금의 신문사에 사직서를 내게 되고, 엄마는 지금 하고 있는 잡부를 변함없이 이어가게 된 것이다.

갈리아의 50억 원의 큰돈은 언젠가는 갈리아에게 돌려줄 돈일 수밖에 없어서다. 그게 상식이라는 걸 나와 엄마는 서로의 눈빛만 보고도 알 수 있었다. 그런데 난 병석에 있으면서 갈리아가 걱정되고 있었다. 나야 꾸준히 건강이 회복되고 있다는 걸 느꼈지만, 갈리아는 늘 누군가로부터 죽음의 위협을 겪고 있을 거라는 생각이 들어서다.

로즌 칵테일 하우스가 기억난다. 하지만 그녀는 아무 말이 없다. 엄마에게 며칠 전 한 번 갈리아의 가게에 가 보시라고 그녀의 '로즌 칵테일 하우스'의 위치를 말해줬던 적이 있다. 하지만 엄마는 그 가게의 문을 도저히 열 수가 없었고, 아무리 문을 두드려도 인기척 하나 없었다는 거다. 어쩔 수 없이 내가 그녀에게 가 볼 수밖에.

엄마는 때마침 나에게 퇴원을 지금 해도 된다며, 갈아입을 옷과 나의 짐을 챙겨주셨다. 그러고는 엄마는 말문을 여셨다.

"너의 삶이 이제야 시작되나 보다."

난 엄마의 말이 처음엔 이해가 잘되지 않았지만, 택시를 타고 집으로 오는 길에 엄마의 말이 새롭게 들려왔다. 남들이 날 보기엔 독특한 캐릭터. 학업도 우수하다 보니 날 별종이라 여기고, 궤변론자인 소피스트로도 불러댔지. 그래 누가 궤변론자인지는 아직 모르지 않나.

"그래, 내 길이 뭔지 알 것 같아. 이제야 내 길이."

49

다음 날 아침 일찌감치 서둘러 신문사를 향했다. 내 몸이 이젠 정상인처럼 느껴지기 시작한 건, 저 하늘 높이 떠 있는 태양이 따스하게 날 비추고 있다는 걸 직감하면서부터이다. 당연히 내 웃옷 안에 있는 왼쪽 주머니엔 정성스레 쓴 사직서가 있었고, 꾸겨지지 않도록 몸을 앞으로 굽히지 않으려 했다.

신문사에 도착했을 땐, 이미 편집장이 데스크에 앉아 있었다. 그는 늘 날 반갑게 맞이해줬다. 광고와 연결해선 늘 타박했지만. 그래도 부지런한 것만큼은 인정해드리리라. 어느 누구도 일을 피할 수는 없다. 직원이 될지, 아니면 대표가 될지도.

편집장은 날 보자마자 우리 신문사에 협찬하는 최성희 다원상사 대표가 한 회장의 병실을 들리고 나서 이리로 온다는 귀띔을 해줬다. 최 대표가 또 무언가를 편집장에게 부탁하려는 의도를, 이젠 나도 쉽게 알아차릴 수 있었다.

그렇다. 더 이상 내가 이곳에 있을 이유는 없다. 여기에 있다 보면 심지어 난 최 대표의 사업을 위한 도구가 될 게 뻔하다. 한 회장의 지분을 유지하기 위한 보도 자료를 내가 아니더라도 이 신문사에 누군가가 만들어야 한다. 편집장은 이를 이미 알았고, 그걸 만들어 줄 나에겐 관계가 나빠 봤자 잃을 게 더 많아서 더 친근감 있게 날 대해줬는지도 모른다. 난 이러한 언론환경이 현실이라면 받아줄 수밖엔 없다. 그런데 언제까지 내가 이 같은 거짓을 조작해낼 수는 없겠지.

아마 갈리아는 나의 마음을 읽고 있었을 것이다. 자신감을 주기 위해, 그리고 용기를 갖도록 50억 원이라는 나에겐 어마어마한 돈을, 통장에 넣어준 거겠지. 고마우면서도 그 돈은 쉽게 쓸 수 없는 그녀의 돈인 거.

"편집장님, 사직서입니다."

날 반갑게 일어나 맞이한 편집장. 자신에게 건넨 나의 사직서를 보더니, 얼굴을 찡그리는 그의 모습이 내 눈에 쉽게 들어왔다. 하지만 그는 다시 말을 나에게 차분히 건넨다.

"그래, 네가 옳다. 내가 사람은 잘 본다니까. 내가 널 믿지. 근데 앞으로 어떻게 살려고? 밥은 먹고 살 수 있겠어?"

편집장이 나에게 화를 내며 쉽게 짜증을 낼 줄 알았는데, 그래도 그는 마음속만은 언론인이었는지도 모른다.

"좀 쉬다가요, 제가 신문을 만들어 보려고요."

“자네가? 멋지군. 좋아 좀 크게 좀 해봐. 돈 걱정 없는 언론으로 말이야. 내가 너 밑으로 가서 일하고 싶게 말이야. 공직자들의 비리 재산도 파헤치자고. 신문사는 왜 이리 날 포함해서 썩어 빠진 양아치들이 많은지. 쓰레기들.”

그렇다. 편집장은 직원들의 굶주린 배를 걱정했던 것이다. 저 멀리 문을 열고 들어오는 최 대표가 흐릿하게 보였다.

“편집장님, 제 밑으로 오지 마시고요. 꼭 저와 함께 일할 수 있도록 자리를 만들어 놓겠습니다. 전 이만 가 볼게요.”

난 하나둘씩 현관문을 열고 들어오는 동료 기자들에게 마저 인사를 나누기가 어색해졌다. 간단한 하이파이브나 묵례로 답할 뿐 최 대표를 그 순간만큼은 피하고 싶었기 때문이다. 그녀를 언젠가 다른 곳 다른 위치에서 만날 것만 같았다.

난 비상계단으로 신문사를 얼른 빠져나와, 갈리아가 있는 ‘로즌 칵테일 하우스’로 향하고 있었다. 마치 나의 엄마의 따스한 자궁에 빨려들 듯이.

50

난 기자가 아니다. 기자가 되고 싶은 이들은 줄 섰다. 사표 수리야 이미 됐을 거다. 이젠 취재 차량을 이용할 수도 없다. 평범한 일상으로 되돌아온 것인지도 모른다.

난 갈리아가 있는 로즌 칵테일 하우스로 가기 위해선 버스를 타야 했다. 정류장에서 버스를 기다리는 예전의 나의 학창시절로 되돌아가고 있는 것이다.

517번 버스는 나를 그녀 가까이 가도록 해줄 것이다. 버스를 기다리는 그 순간만큼은 나의 미래가 그려졌다. 정류장에서 버스를 기다리면서 보이지 않는 무언가가 느껴지기 시작했다. 지금부터 내가 할 수 있는 일은 대학 강의와 심리 상담이나 언론사를 만드는 것이다.

먼저 언론의 초창기의 모습일 수 있는 뉴스레터 형식일 듯싶다. 아는 이들에게 이메일로 보내거나 소셜 네트워크로 정보를 전달하며 인지도를 높여가야 한다.

내 집에 상담실과 출판사 사무실을 꾸리는 것도 나쁘지 않다. 갈리아에게 가서 '로즌 칵테일 하우스'에 방 한 칸 임대해달라고 졸라 보고도 싶다. 이를 핑계로 같이 있을 시간이 늘어나면 좋겠다. 여하튼 나의 발걸음은 여느 때보다 빨랐다. 마치 새로운 삶을 다시 사는 느낌이라고나 할까. 갈리아를 볼 거라는 생각에 한껏 내 마음은 들떠 있는 게 분명했다. 심지어 설레게 하고.

다원상사의 최 대표 같은 기업인으로부터 내가 만든 뉴스레터엔 후원을 받지 않을 것이다. 그리고 펜의 힘이 얼마나 강한지도 보여줄 것이다. 이게 내가 배운 언론학이다.

신문사에서 한참을 걸어 나와 버스 정류장에서 깊은 상념에 빠져 있었던 탓일까? 아무리 기다려도 버스가 오지 않는다는 느낌이 들기 시작했다. 50분이 지났는데도 517번 버스는 오지 않았다. 이제야 무언가가 이상하게 돌아간다는 생각이 내 머리를 스쳐 지나갔다. 10분을 더 기다려 보기로 했다. 내 주변에서 버스를 타러 기다리던 아주머니들과 꼬마 아이들은 이미 다른 버스를 타고 가버렸다.

'왜 517번 버스는 오지 않는 걸까?'

휴대 전화기로 버스를 검색해보면 5분 후 도착 예정이라는 메시지만 남긴 채 1시간이 넘도록 버스는 오지 않고 있었던 거다! 혹시 내가 취재해온 이들의 보복인가? 내가 이제 기자가 아니라는 걸 알고 날 겁박을 주고 있다는 생각도 들기 시작했다. 설마…….

'그래, 오늘은 택시를 타고 가야겠다. 15분이면 도착하지 않는가?'

멀리서 노란색 광고판을 붙인 택시가 오고 있었다. 나는 그 택시를 향해 인도에서 조금 내려와 차도 가장자리에서 손을 흔들어 택시를 멈춰 세우려 했다. 하지만 그 택시는 나를 향해 오더니 날 스쳐 지나가 버렸다.

"열 받네, 이거. 이 새끼가!"

나도 모르게 입 밖으로 이런 말을 내뱉고 말았다. 또 다른 택시가 나를 향해 오고 있었다. 이번엔 나를 향해 속력을 내더니, 내 앞에서 급제동을 하는 게 아닌가? 난 뒤로 넘어지면서 버스 정류장 바로 앞에 있는 나무를 붙잡았다. 그러더니 택시 기사가 거꾸로 나에게 욕 해대는 게 아닌가?

"이 자식아, 눈 똑바로 뜨고 다녀! 재수 없으려니까."

그러고는 전력질주를 하듯 속력을 높여 가버렸다. 무서웠다. 버스도 오지 않고, 택시도 승차를 거부하듯 날 대하고 있는 거였다. 그렇다. 신문사 근처의 버스 택시 운수회사가 하나 있다.

'신화 운수!'

내가 이 운수 회사의 비리를 캐내어 소위 물 먹인 적이 있었다. 그것 때문이란 말인가? 별별 생각이 다 들기 시작했다. 또 내 앞으로 지나가는 택시를 타려 했지만, 바로 옆에 방금 온 손님만 태우고 가버렸다.

아니, 헬기를 타고 갈 수 있는 것도 아니고, 버스도 오지 않고, 전철을 타려면 30여 분을 뛰다시피 가서 타야 하는 데. 그럴 바에야 1시간을 걸어서 '로즌 칵테일 하우스'로 가는 편이 나을 듯싶었다. 하도 답답한 나머지, 휴대 전화기를 들어 갈리아에게 전화를 걸었다. 하지만 그녀의 전화번호는 없다는 말만 되풀이되고 있었다. 그 순간 내 몸의 힘이 쭉 빠져나가는 것만 같았다. 정신을 차려야 한다.

'그래, 그녀에게 달려가 보자, 그러다가 힘들면 전철이나 버스를 타야겠지. 어떻게든 되지 않겠어!'

그녀에게 가지 못하게 보이지 않는 무언가가 날 끊임없이 방해하는 듯싶었다. 그 무언가가.

51

"그래도 나에게 오고 싶으니?"

내 휴대폰에 익숙하지 않은 번호로 문자 하나가 덩그러니 와 있었다. 그 번호로 전화를 걸었다. 하지만 전화는 걸렸지만 통화음이 지속된 후

음성을 남기라는 기계음만 나서 얼른 끊어버렸다. 불법 광고 미끼 같아서이다. 내 목소리를 듣고, 며칠 후 '비아그라'를 내 휴대폰에 수북하게 광고해올지도. 어쩔 수 없이 문자로 보냈다.

"누구신가요? 취재원이신가요? 저는 신문사를 그만둬서 이젠 기자가 아닙니다. 나중에 제가 다시 연락드리겠습니다."

이렇게 정중하게 문자를 남겼다. 곧바로 문자 답장이 왔다.

"미안해, 나 갈리아야. 전화번호를 난 계속 바꿀 수밖에 없어. 나라는 존재를 이렇게나마 계속 살게 하려면……. 전화를 받게 되면 누군가가 날 또 추적해오겠지. 문자도 위험하지만 그래도 너랑은 연락하고 싶으니까."

'갈리아였다!'

"그러면 이제부터 내가 어떻게 해야 하는 거니? 두렵다. 모든 게."

"이리로 올 거니?"

"갈게!"

"로즌 칵테일 하우스 1층으로 와."

"근데 말이야. 계속 무언가가 날 너에게 못 가게 방해하는 것 같아."

"그렇겠지. 사람들은 자신이 정말 원하는 게 생기면, 그것을 쉽게 얻지 못하게 하늘이 늘 방해하잖아. 그게 몹시 슬프고 원망스럽기도 하고. 그걸 이겨낼 수 있을 정도로 더 열심히 노력하게 되면 얻게 될 것을……. 시기 질투 살인 비리 등으로 그걸 얻으려 하니 사람이 더 고통스러운지도 몰라. 심지어 억지로 말이야."

"너, 인생을 다 깨달은 사람 같아."

"그래? 심리상담 사주도사인 널 닮아가나 보네. 벌써 내가 죽음을 앞둔, 아니 이 세상에서 흔적조차 없이 사라질 노인이 다 된 건가? 지금 로즌 칵테일 하우스로 오지 않으련? 네가 지금 서 있는 곳에 무인 자동차를 내가 보내줄게. 잠시 후 네 앞에 설 거야. 넌 그 뒷자리에 타면 돼. 그다음엔 나와 넌 연락이 끊길 거야. 그 차는 나에게로 오도록 프로그램이 돼 있어. 알았지? 그렇게 해주렴."

그녀의 말대로 내 앞쪽으로 어느새 한 자동차가 멈춰 섰다. 수입차처럼 낯선 디자인으로 차량 브랜드 '골프'처럼 차체는 단단해 보였다. 난 그 차의 뒷문을 열고, 승차했다.

난 무의식적으로 한참을 가다가 그녀에게 문자를 보냈다.

"가고 있어. 넌 뭐 하고 있니?"

하지만 그녀에겐 어떤 답장도 오지 않았다. 그렇다. 그녀와 난 또 연락이 끊긴 것이다. 저 멀리 로즌 칵테일 하우스가 내 눈에 들어왔다.

'갈리아, 잠시만 기다려 줄래.'

52

내가 타고 있는 무인 자동차가 그녀의 로즌 칵테일 하우스로 향하는 일방통행 길에 들어설 무렵이었다. 갑작스럽게 어두운 먹구름이 예전처럼 몰려들었다. 창백한 모습으로 갈리아가 자전거를 타며 나에게 오던 그 날처럼, 내 머리 위로 잿빛 구름이 드리워졌다. 그러더니, 들짐승처럼 게걸스럽게 햇살을 다 먹어치웠던 그때처럼 말이다.

나에겐 모든 게 과거로 돌아가고 있었다. 클래식 음악도 내 귓가로 슬며시 흘러들어 갔다. 모차르트의 린츠, 중학교 2학년 때쯤 즐겨 듣던 슈베르트의 '세레나데'……. 이 모든 것들이 또다시 과거로 되돌아가고 있다는 착각을 일으켰다. 이번에도 말이다.

마침내 힘껏 두 발로 자전거의 페달을 돌리며 나에게 다가온 그녀. 그녀는 갈리아였다! 창백한 얼굴의 그녀, 슬픔에 가득 차 보이는 그녀, 이젠 모든 것들이 해결되어 널 향해 가고 있는데……. '날 너무 그리워 그런 거겠지.'라는 나의 생각이 그나마 날 안정시키고 있었다. 무인 자동차가 그녀 앞에 멈춰 설 것이다. 그런데 내 예상은 빗나가고 말았다. 그녀는 무인 자동차 옆을 스쳐 지나갈 뿐이다. 이게 뭐란 말인가?

난 자동차 문을 열려 했다. 하지만 문은 전혀 열릴 기색조차 보이지 않았다. 그녀는 차 뒤편으로 가뭇없이 사라져 갔다. 그러고는 잿빛 구름은 걷혔고, 세레나데, 린츠도 더 이상 들려오지 않았다. 무인차는 로즌 칵테일 하우스 앞에 멈춰 섰다. 도저히 열 수 없는 차량의 문, 이것도 자연스럽게 천천히 열리고 있었다. 내가 내리자마자 그 무인 자동차의 뒷문이 저절로 닫히고, 자신의 길을 찾듯 저 멀리 이 차마저도 사라져버렸다. 나 홀로 남아 있는 듯했다. 그것도 그녀의 로즌 칵테일 하우스 앞에.

칵테일 바는 직원을 제법 둘 정도로 세련된 기업형 가게로 보였다. 하지만 불빛 하나 없었다. 밤이 되어야 아늑한 연분홍 불빛을 보고 손님들이 찾아오겠지. 그들에겐 감당하기 어려운 고민들과 고통을, 갈리아가 들어주면서 술잔을 서로 기울일 거야. 그게 아니면, 이곳이 자신의 목숨을 지켜줄 하나의 위장의 장소가 되고 있는 거겠지. 내가 여기서 심리 상담을 하면서 노년을 보낸다면……. 상상만 해도 나의 가슴은 벅차올랐다. 그런데…….

멋지게 디자인된 건물임에도 내가 처음 이곳을 찾았던 허름한 칵테일 가게일 때처럼 문고리는 깨져 있는 게 아닌가! 심지어 문틈도 이리저리 도끼로 강하게 내친 자국 흔적이 진하게 남아 있었다. 내 머리속에 '죽음'이라는 단어가 떠오르기 시작했다.

'혹시 갈리아에게…….'

제15장
사라진 '로즌 칵테일' 상담소

Mind Theraphy

53

나는 다급히 문을 강하게 잡아당겼다.

'문이 쉽게 열리는 게 아닌가?'

로즌 칵테일 하우스 뒷마당으로 가야겠어. 그녀가 거기 있을지도 몰라. 무언가 함정에 빠져드는 듯했다. 조금 전만 해도 갈리아는 자전거를 타고 내 옆을 스쳐 지나가지 않았는가? 나에게 연락 하나 주지 않고. 진동으로 해 놓은 내 휴대폰이 갑자기 바르르 떨며 울리기 시작했다. 내가 사직서를 낸 신문사의 편집장의 번호였다. 이건 뭔 뒷북인가. 전화를 받을 이유를 이 순간만큼은 찾지 못했다. 전화는 끊어지고, 문자가 날아들었다.

"채 기자, 사직서가 반려됐어. 다시 신문사로 와 줘야겠는데,"

이런 경우도 있나 싶었다. 난 공직자도 아닌데. 무슨 반려! 난 사기업의 말단 직원일 뿐인데 말이다. 답장을 주지 않자 또다시 다른 문자가 내 휴대폰에 날아들었다.

"채 기자, 네가 지금 간 그 곳? 한지아의 칵테일 바지? 거기 위험해! 얼른 나와. 죽을지도 몰라. 거긴 늘 감시되고 있는 곳이야!"

그렇다. 함정 같았다. 아니, 함정이다. 갈리아는 지금 이곳엔 없다. 방금 이곳을 떠났다. 겁이 났다. 다시 문을 슬며시 닫았다. 되돌려 편집장에게 답장을 하거나, 전화를 걸면 내가 있는 곳이 들통이 날지도 모른다. 편집장이 누구 편일지도 알 수 없다. 언론인은 늘 약한 자의 편인 척하다가 결국엔 강한 자 쪽의 말을 듣는다. 이건 내가 대학 강의실에서 상식처럼 말해온 언론이었다.

'갈리아는 지금 이곳엔 없지만, 날 처음 칵테일 바에서 보던 날이 기억난다. 그녀는 모종삽을 들고 레코드판을 돌리며 칵테일 바 뒤편에 있는 널찍한 마당에 갔잖아. 작은 병에 기록을 남겨 땅에 묻어 보관했었어. 그래 바로 그거야! 우선 거기부터 가 보는 거야.'

또 다른 상념도 내 머리로 찾아들었다.

'그녀에겐 전화를 걸거나, 문자를 하는 것도 위험했던 거지. 마음만 먹으면 자신이 어디 있는지 위치 추적을 당할 수 있으니까. 경영권? 이게 대체 뭔지. 사람 목숨마저 죽이는, 남 밑에 두고 싶어 안달 난 그놈의 더러운 야욕!'

난 그 즉시 로즌 칵테일 하우스 뒷마당으로 천천히 몸을 숙여 오른편으로 움직여 갔다. 내 오른편엔 감시 카메라가 없는 듯싶었다. 말 그대로 운명이고 하늘의 섭리다. 경찰을 부를까도 생각해봤지만, 힘 있는 자의 시녀처럼 구는 경찰을 더 이상 의존하고 싶지도 않았다.

지금 난 저 멀리 하늘에 계시면서도 우리와 함께 하는 나의 하느님, 그리고 십자가에서 몸부림치고 있는 그의 아들을 기억할 수밖에 없다. 이제야 신앙인이 되는 건가? 성직자의 길을 가려고 공부했던 그날들은 지금 생각해 보면 아무 쓸모가 없었는지도 모른다.

성직자의 길을 가던, 그 예전에도 내 눈앞에 떡하니 버티고 있는 38층 높이 건물 창가. 이젠 완공된 주상복합 빌딩이 되었다. 추억처럼 뒷마당으로 천천히 걸어가면서 내 뒤로 그 건물이 움직여 가는 듯했다.

인적은 그때도 그랬지만 드물고 적막하지 않은가. 난 그때처럼 진정해야 한다. 허둥지둥해서도 안 된다. 나를 본 사람은 아무도 없는 것이다.

유일하게 구석진 이곳을 비추고 있는 가로등 하나마저도 날 지켜줬는데. 죽은 나방들로 자욱한 데다가 흐릿하게 지금도 깜박거리고 있었다. 조금은 멀찌감치 비밀스런 바의 창문과 마당으로 들어설 쪽문이 눈에 들어왔다.

54

그런데 그곳에서 갑작스레 불길이 퍼져 올랐다. 그렇다. 지아를 죽이려 또다시 누군가 방화를 했는지도 모른다.

'그렇다. 그녀가 아직까지는 죽은 게 아니라 살아 있다는 증거일지도

모른다. 아니다. 죽이고선 살해 은폐를 시도하고 있는지도 모른다.'

지아가 자신이 직접 불을 질러, 나를 구출해달라는 의미일지도. 살아 있다는 말을 이렇게라도 하고 싶었던 것일 수도 있다. 내 머릿속은 여러 경우의 수로 복잡해져 왔다.

난 불길을 향해 달려갔다. 더 내리 달렸다. 마당으로 들어설 쪽문에 다가서자, 저 멀리서 아니 가깝게 커다랗고 무시무시한 칼날이 내 목을 향해 속도감 있게 빙글빙글 돌며 날아들었다. 이렇게 처참하게 죽나 싶었다.

55

그 순간이었다. 칼날이 아닌 누군가도 나에게 달려들었다. 나보다 작은 품인 건 느껴졌다. 그리고 절박함 또한 느껴졌다. 같이 쓰러졌다. 칼날은 우릴 스치고 저 멀리 어디론가 날아가 버렸다. 그게 내 눈에 들어왔다.

내 위에 안긴 따스한 온기의 생물체. 그것이 날 살려준 것이다. 그건 나의 갈리아! 그녀 목엔 날카로운 칼날 때문인지 생채기가 생겼다. 피가 그녀의 목에 얼룩져 있었다.

"너의 이상형은 누구지?"

"내 목에 피가 나는데도 실없기는…… 키다리 아저씨지."

아무 말 없이 난 한 손을 들어 내 '키 높이 신발'을 가리켰다. 그녀는 예전처럼 실소를 터뜨렸다.

Epilogue

Mind Theraphy

"교수님은 이젠 상담가가 되신 건가요, 아니면 경영인이신 건가요?"

5백여 명이 넘는 학생들 틈새로 강의실 저 멀리 뒤쪽에서 한 학생이, 내가 교단 위로 걸어 올라가자마자 소리쳐 물어왔다. 그 학생은 내 강의가 개설될 때마다 줄곧 하나도 거르지 않고 수강을 해온 학생이었다.

나는 그 질문에 한 치도 주저하지 않았다.

"심리상담가이면서 경영인입니다."

나의 이 말이 떨어지기가 무섭게 정체 모를 한 긴 생머리의 여학생이 조교에게 손짓을 하며 마이크를 챙겼다. 목까지 가리는 터틀넥 니트를 입은 이 여학생은 마스크로 코 위까지 깊숙이 올리면서, 얼굴을 가린 채 마이크를 입에 가져다 대며 다급히 물어왔다.

"교수님의 회사는 코스닥 상장 기업으로 주식까지 사고팔며 거래하는 심리 상담 기업으로 급속히 성장한 듯합니다. 그런데 왜 인터넷 가상공간에서만 상담센터를 운영하는 이유가 무엇인가요?"

비음을 섞어가며 목소리마저 애써 감추려 하는, 누군지 알 수 없는 이 여학생의 질문에 난 잠시 말문을 닫고 말았다.

내가 상담실을 만들려 했던 갈리아의 칵테일 바는 불이 나서 모든 게 한 줌의 재로 이미 사라지고 말았다. 만일 화재가 일어나지 않았어도 갈리아를 보호하기 위해서라도 로즌 칵테일 바에 마음 편히 상담실을 운영하기도 곤란했던 것이다. 그녀가 또다시 누군가에게 발각되기만 해도 그녀는 늘 생명의 위협을 받을 수밖에 없었다.

나는 그녀가 준 50억 원을 다시 돌려주고 싶었고, 그녀와 현실 같은 메타적인 상담 공간에서라도 함께 있고 싶었던 것이다. 그 마음으로, 난 어쩔 수 없이 가상공간의 심리센터를 운영하게 된 거였다. 그렇다. 이것이 나의 운명이라면 받아들일 수밖에 없다. 나는 신중하게 정신을 가다듬어 입을 열었다.

"누군가를 보호하고 늘 그와 함께하는 길을 모색하려 하다가……."

내 말이 다 매듭짓기 전에 그녀는 또 질문 하나를 던졌다. 나의 상담사 자질을 테스트하는 듯싶었다.

"교수님, 남자 친구랑 싸우거나 다툴 땐, 심장이 몹시 아프고 숨도 제대로 잘 못 쉴 때가 있어요. 왜 그런 건가요?"

내 머릿속에서 떠오르는 생각을 빠르게 정리했다.

"그 질문은, 스트레스성 심근증으로 분류되기도 합니다. 의학적 검사에선 이상이 없을 수 있는데, 심리적인 요인으로 심장 기능에 문제를 일으키는 경우일 수 있어요. 남녀관계에서 스트레스를 심하게 받게 되면, 아드레날린이 과다분비 되면서 혈류 흐름이 급격히 증가됩니다. 이 때 혈관이 과도하게 축소되어 심장이 찢어진다는 표현을 해요. 그리고……."

사주팔자에서 말하는 음양오행에서 화 기운의 균형이 잘 맞지 않아서도 심장에 무리가 뒤따를 수 있다는 의견이 있다는 말을 이어서 하려 했다.

그녀는 끝까지 내 대답을 듣지 않고도 무언가 만족한 눈빛을 주고, 강의실 뒷문으로 유유히 사라졌다. 왠지 낯설지 않은 그녀는 아마…….

내 바지 왼쪽 호주머니에 휴대폰이 갑작스레 바르르 떨려왔다. 문자 한 통이 온 모양이다. 갈리아가 보낸 문자려니 생각 들었다. 그런데…….

"하아, 슬프다! 나 교도소에 가게 생겼어! 의사도 못해 먹겠네. 수술용 가위가 하나 없어졌나 싶었더니, 다음에 얘기하자. 삶은 늘 힘들어."

예상했다시피, 크게 망신살을 겪고 있는 김 선배의 문자였다. 학생들에겐 긴급한 문자에 답장을 보내야 한다며 양해를 구했다.

"김 선배, 아니, 의사 선생님, 때론 삶의 밑바닥까지 경험해야 최고의 삶을 살게 되어 있어요."

"진짜?"

"그치요, 그게 운명의 법칙."

나는 휴대폰을 바지 호주머니에 푹 찔러 넣고, 칠판에 가지런히 놓인 분필을 잡아 올렸다.

Author's words

나는 예정된 '운명'이란 말보다는 타고난 재능이라는 말에 더 애착이 간다. 공부나 운동 등의 한 분야에 재능이 있는 이들은 노력이 많지 않아도 그 영역에 괄목할 만한 성과를 드러내서다.

그런데 우린 자신의 타고난 재능으로 인한 큰 성과엔 관심이 그리 많지 않다. 그보다 미흡하게 타고난 운명의 노예처럼 갖지 못한 것에 대한 집착과 불만으로 일생을 원망하고 한탄하며 보낸다. 불확실성과 확률로 매듭짓는 양자물리학도 이 같은 운명을 무시하기는 쉽지 않아 보인다. 이것이 '나의 운명, 우리의 운명'일지도 모른다. 하나는 날 충족시켜도 다른 하나가 충족되지 않아 어느덧 불행이란 늪에 나를 빠뜨려 헤어나오지 못하게 만든다.

주변 인간관계도 똑같이 적용된다. 나와 맞는 사람, 맞지 않은 사람, 노력하지 않아도 친한 사람 등등도 이미 운명처럼 결정되어 있는 듯싶다. 예를 들어 말의 특성을 갖고 태어난 이들은 늘 도전하는 성격이라서 이를 따라주는 호랑이와 개의 특징을 갖고 태어난 이들과 잘 어울려 지낼 수 있다. 당사주에서는 이를 잘 설명해주고 있다. 잘 맞지 않은 사람에 대해선 심리적인 처세를 하면 그뿐이다.

그럼에도 우린 잘 맞지 않은 이들과도 잘 지내려 애써 노력하며, 마음의 상처와 불안감으로 하루하루를 지낸다. 나 자신을 원망하면서도 그렇게 살아간다. 마치 신의 장난처럼 말이다.

이 같은 맥락에서 주인공 채윤을 통해 궁핍함과 억눌린 처지를 극복하려 노력하며 자유로운 생각을 갈망하는 이들을 상징화했다. 반면에 물질적인 부족함이 없는 한지아는 원치 않은 태생으로 죽음에 직면하며 살 수밖에 없었다. 아마 그녀는 채윤처럼 자유롭게 꿈을 꾸며 살아가는 평범한 일상이 그리웠을 것이다. 박철 편집장 등 그 밖의 캐릭터들은 우리 주변에서 자주 목격되는 인물군으로 배치하여 묘사했다.

삶이 늘 이렇듯, 운명이란 그늘 속에서 우린 완벽한 판타지를 매 순간 바라고 있는지도 모른다. 나는 '운명상담소'라는 매개로 이를 그려봤다.

연구소의 맑은 창가에서

이윤영